富山売薬
薩摩組

植松三十里

H&I

富山売薬薩摩組

装画　ヤマモトマサアキ
装幀　幅　雅臣

目次

一章　山津波

横なぐりの大雨の中、深い谷間の薬草園で、男たちが死に物狂いで立ち働いていた。

越中富山城下の老舗売薬商、能登屋の男衆だ。今にも蓑笠（みのかさ）は飛ばされそうで、だれもがずぶ濡れだった。

能登屋主人の密田喜兵衛も、みずから熊手をつかんで奮闘していた。

左手で高麗人参の根本をつかむなり、周囲の土を手早くかき分け、一気に引き抜く。泥を払う余裕もなく、背負った籠に放り込み、すぐに次の根本をつかんでは、同じ手順で引き抜く。

手も脚も顔も泥まみれで、目にも飛沫が飛び込んでくる。でも、かまってはいられない。泥の重さで、背負い籠は、どんどん肩に食い込む。

それでも一刻も早く、一本でも多く、収穫しなければならない。貴重な薬種であり、この一本で何人もの病いが治せて、救える命があるのだ。

能登屋の薬草園は富山各地にあるが、この常願寺川（じょうがんじがわ）沿いの森を切り開いて耕し、高麗人参の種を撒いてから五年が経つ。

できれば、もう一年待って収穫したかった。あと一年で人参の根は急速に育ち、五年ものと六年ものとでは、大きさが倍も違ってくる。

それでも今は待ってはいられない。昨日から秋の豪雨が続いていた。そのせいで川上で大規模な山崩れが起きたと、富山城下に知らせが届いたのは、昨夜半過ぎだった。

常願寺川は立山（たてやま）山中に水源を持ち、富山の平野を、とうとうと流れる急流だ。

今年、天保二（一八三一）年の四月に、富山市中で大火があり、八千戸以上が焼けた。その建て直しに、山中の樹木が大量に切り出された。

　その結果、保水力が減った斜面が、どうしても崩れやすくなっていた。そんな状態のところに、この大嵐の到来で、大量の土砂が崩れ、谷を埋めつくしたのだ。

　流れていた川が堰き止められ、じわじわと谷間で水嵩が増していく。それが満々と溜まっていき、堰き止めた土砂が水圧に耐えられなくなったときに、一気に決壊する。

　それが山津波だ。膨大な量の濁流が谷間を突き進み、さらに下流の平地へと押し寄せる。

　喜兵衛は、幼いころから四十六歳になる今まで、山津波は何度か見聞きしてきた。

　その経験から察するに、この谷底に近い薬草園が怒濤に呑み込まれるのは、もう時間の問題だった。

　夜半過ぎに山崩れの知らせを受けるなり、すぐにでも収穫に出かけたかったが、真っ暗闇で、まして豪雨の中では松明も使えない。無理をして出かけたところで、方角の見当すらつかない。

　なんとか夜明けまで待って、喜兵衛は蓑笠と草鞋（わらじ）で身支度（みじたく）を固め、店の男衆を先導して、大急ぎで歩いてきた。

　ようやく薬草園にたどり着くなり、全員で作業に取りかかったのだ。しかし遅れた分、決壊が近いのは疑いない。

　高麗人参を育てるには、直射日光や雨による泥はねを避けなければならない。そのために最初に苗を植えたときから、畝（うね）ごとに低い屋根を差し掛け、根本には藁を敷き詰めてある。

　その屋根を力づくで引きはがし、敷き藁も取り除いてから、大急ぎで掘り出し始めたのだ。

　喜兵衛は引き抜きながら悔やんだ。できることなら、こんなところに貴重な薬草を植えたくはなかったと。

高麗人参は育成に手間隙がかかるだけでなく、収穫までに何年も要し、まして連作ができない。肥沃な土地を選んで育てるが、土の養分を徹底的に奪って大きくなる。

そのため収穫後は、土地が痩せて使いものにならなくなり、また別の場所を探さねばならない。そうして山中へ山中へと、薬草園を移してきたのだ。

懸命に収穫を進め、喜兵衛が、あと少しと思ったときだった。

川の上流から、かすかに半鐘の音が聞こえた。すぐに下流からも、別の半鐘がけたたましく打ち鳴らされる。

喜兵衛は大声で叫んだ。

「逃げろッ。水が来るぞッ。人参は、もういいッ。山に登れッ」

男たちは熊手を持ったまま走り出した。

薬草園を突っ切り、われがちに急斜面をよじ登る。獣道もない森の中、木の根や飛び出した岩の角をつかんで、大急ぎで上へ上へと向かう。

喜兵衛は、奉公人全員が登り始めたのを見届けてから、最後に薬草園を離れた。

富山藩領では山津波が頻発する。そのために主だった川の上流から下流へと、伝達の仕組みが整っている。

上流の峰々には、粗末ながらも小屋が設けられており、嵐が来ると、近くの村から男衆が見張りに出る。夜昼かまわず待機し、もしも山崩れが起きたら、急いで現場を確認して、小屋の半鐘を打ち鳴らす。

半鐘の音が届く範囲の下流にも、かならず小屋がある。ここで上流からの音を聞いたら、自分のところの半鐘も打ち鳴らす。その連携で、城下まで山崩れを知らせるのだ。

その後、谷底を流れていた川が、滞りなく流れていくか、土砂で堰き止められて水が溜まってしまうかを見極める。それぞれ決まった半鐘の打ち方で、やはり下流へと知らせる。

水が溜まっていき、いよいよ決壊するとなったら、もっとも激しく打ち鳴らし続けるのだ。それを耳にした平地の村々や城下では、急いで危機に備える。

喜兵衛が夜半過ぎに聞いたのは、水が溜まっていく警告音で、今、耳にしているのは、まさに決壊の知らせだった。

籠を背負ったまま斜面をよじ登っていると、半鐘の音に混じって、低い地鳴りが響き始めた。足元の斜面も小刻みに揺れる。すでに濁流が近づいている証拠だった。

急斜面は泥で滑りやすかった。手がかりにしようとした岩も、上手くつかめない。それでも喜兵衛が奉公人たちに追いつき、だいぶ上まできたときだった。

斜め上を登っていた寅松の姿が、突然、消えた。足を滑らせ、あっという間に斜面を転がり落ちたのだ。何度も立木の根元に激しくぶつかりながら、落下していく。

ようやく止まったのは、薬草園の少し上だった。寅松は能登屋の番頭で、いつもはすばしこいのに、もがくばかりで起き上がれない。

「寅松、どうしたッ」

喜兵衛が声を張ったが、風雨で返事が聞こえない。あの場所にいたら、間違いなく山津波に呑み込まれる。

とっさに喜兵衛は背負い籠を外し、少し上を登っていた息子に放った。

「兵蔵、籠を頼む」

「親父、待てッ。もう間に合わないッ」

兵蔵が背負い籠をつかむのも見極めず、ほとんど滑るような勢いで、喜兵衛は斜面を下った。動きにくい蓑も笠も、かなぐり捨てた。

ほかの奉公人たちも気づいて叫んだ。

「旦那、もう無理だッ」

「旦那、戻れッ。戻ってきてくれッ」

喜兵衛は、かまわずに下り続けた。地鳴りは不気味に増していく。

たとえ自分の身が危うくなろうとも、見捨てられない。富山の薬売りは諸国へ行商に出る。奉公人は店で働くだけでなく、長年にわたって旅をともにしてきた仲間なのだ。

特に寅松は喜兵衛より二歳上で、年端も行かないころから能登屋に奉公に来て、たがいに兄弟のようにして育った。

能登屋では代々、跡取り息子だからといって甘やかされない。商売は年上の手代たちのやることを見て身につける。

ほかの商家とは異なり、薬売りたちは漢字を覚える必要がある。疾病や薬の名前はもとより、旅先の地名や得意先の名前まで、漢字で読み書きできなければならない。

それも寺子屋で、いろはと算盤（そろばん）の使い方を習ったら、あとは手代たちが書く漢字を、盗み見て覚えるしかなかった。

喜兵衛は新しい漢字を覚えるたびに、寅松とふたりで小枝で地面に書き、教え合ってきた。算盤も相互に数字を読み上げては、珠を弾いて、素早く計算できるように稽古した。

そんな仲間が濁流に呑まれるのを、どうしても放ってはおけない。無我夢中で近づいていくと、寅松の怒鳴り声が聞こえた。

「旦那、来るなッ。水が来るぞッ」

それでもかまわずに間近まで駆けつけた。

しかし寅松は眉を大きくしかめ、うめくように言った。

「旦那、俺にかまうなッ。逃げてくれッ。俺は、もう駄目だ。足が」

右足首を怪我していた。もう自力では斜面を登れそうにない。

喜兵衛は、とっさに寅松の両腕をつかんで、力まかせに自分の首もとに巻きつけた。

「登るぞっ。しっかり、つかまってろッ」

長年にわたる行商で、喜兵衛は足腰には自信がある。

寅松は名前とは裏腹に小柄だが、それでも大の男をひとり背負うのは容易ではない。しかし自分でも信じがたい力が出て、喜兵衛は斜面をよじ登った。

その間にも地鳴りは刻々と大きくなっていき、滝のような水音も、すぐ近くまで迫りくる。ばきばきと木々がなぎ倒される轟音も混じる。

喜兵衛は振り返る余裕もなく、とにかく一歩でも上へと目指すうちに、さらなる大音響が耳をつんざいた。山津波の気配が、すぐ背後まで迫りくる。

もう逃げ切れない。そう覚悟し、喜兵衛は頑丈そうな大木の根元にしがみついて、肩越しに叫んだ。

「寅松ッ、手を離すなよッ」

次の瞬間、濁流がふたりに襲いかかった。泥水に頭まで呑み込まれ、激しい水流で、全身がもてあそばれる。

濁流とともに流木や石が襲いくる。大量の木の葉や小枝と、白い泡がさかまく。必死に大木にしがみつき続けたが、その木自体が根こそぎ流されそうだった。

息ができず、苦しくてたまらない。大木をつかむ腕から力が抜けそうになる。しかし、ここで手を離したら、自分だけでなく、寅松の命もない。それでも、もう限界を越えそうだった。

喜兵衛は「これで死ぬのだな」と覚悟して、普段から信心している浄土真宗の念仏、「南無阿弥陀仏」を心中で唱えた。

そのとき急に流れが変わった。それまで真横から襲ってきた圧力が、下へと向かい始めた。水が引き始めたのだ。

もう少しの辛抱だとこらえても、すさまじい力で、体が引きずられそうになる。改めて渾身の力を込めて、大木にしがみついた。

必死に我慢しているうちに、ふいに水圧が軽くなり、突然、体が水から出た。濁流が通りすぎたのだ。

ようやく息がつけるものの、口のまわりの水が気管に入って、激しく咳き込む。

背中には、まだ寅松がいた。助かったと思う間もなく、抱きついていた大木に、猛烈な衝撃が走った。

見上げると、水流で吹き飛ばされてきた太い流木が当たって、幹の上半分が吹っ飛んでいた。大量の水飛沫とともに、木の葉や枝が、ばらばらと頭上に降り注ぐ。

それでも喜兵衛は寅松を背負ったまま、残った力を振り絞って立ち上がった。

山津波は地形によっては、二波、三波と繰り返し襲いくる。なおも急いで上に登らなければならなかった。

立ち上がると、寅松の重さが両肩に、ずっしりと食い込む。でも首に巻きついた腕からは力が抜けていないし、肩越しに息づかいも聞こえる。

なんとしても、ふたりで助かるんだと覚悟を決め、渾身の力を込め直した。そして水飛沫を引きずりながら、全力で斜面を登った。

途中で足がつってしまったが、痛みに耐えながらも、なおも上を目指した。

そのとき雨音に混じって、息子や奉公人たちの声が聞こえた。

「親父ッ、大丈夫かッ」

「旦那ッ」

「番頭さんッ」

男衆が、ばらばらと駆け寄る。

だれかの手が伸びて、喜兵衛の背中から寅松を引きはがし、さらに上へと連れて行く。寅松は痛々しく右足を引きずっていた。

喜兵衛の腕は、息子の兵蔵がつかみ、脇の下に肩を入れて引いてくれた。もう片方にも、若い奉公人が肩を貸す。

そのまま高みまで登り切った。まだ風雨は激しく、斜面の下方から水音が轟く。

振り返って見ると、谷間には濁流が満ちて、さっきまで立ち働いていた薬草園は、完全に水没していた。

喜兵衛は、その場に座り込んだ。荒い息で肩が上下し、顔にかかっていた水が、また気管に入り込んで、激しくむせる。

ふと気づくと、着物の袖も山袴（やまばかま）も、あちこちが裂けており、手足は泥まみれの傷だらけだった。

地面に転がった寅松も、同じような姿だが、顔をゆがめて右足を抱えている。

兵蔵が、その背中から籠を下ろさせた。籠は無惨にも、真っ二つに割れていた。

寅松が気づいて悲痛な声で叫んだ。

「人参は？　人参は？」

兵蔵は黙って首を横に振った。死に物狂いで収穫したのに、すべて濁流でさらわれていたのだ。

寅松は喉から絞り出すように言った。

「だ、だ、旦那、すまねえ」

泣きながら謝り続ける。

「すまねえ。旦那が、せっかく助けてくれたのに。なのに、大事な人参が」

泥と木っ端だらけの髷（まげ）を振り乱し、地面にひれ伏す。

喜兵衛は、ゆっくりと立ち上がって近づき、しゃくりをあげる肩に手を伸ばした。

「泣くな。人参は人の命を救うためのものだ。寅松が助かったのだから、それで充分だ」

だが寅松は、なおも泣きじゃくる。

「すまねえ。すまねえ。旦那の足を引っ張ったうえに、こんなことになって」

薬売りたちは重い葛籠（つづら）を背負って、年に何度も長い旅をともにする。その際に自分が遅れて、仲間の迷惑になることを何より嫌う。

だからこそ、こんなときにも、自分が足を引っ張ったと言って泣くのだ。気にするなと言っても無理であり、兵蔵も、ほかの奉公人たちも言葉がない。

喜兵衛は深い溜息をついて、谷底を見つめた。なおも濁流が逆巻（さかま）いてはいるが、かなり水位は下がっている。山津波の波濤は、川下へと過ぎていったのだ。

喜兵衛は小声でつぶやいた。

「今年は凶作だな」

昨日まで下流の稲田は、たわわに実り、一面、黄金色に輝いていた。収穫直前だったのだ。でも山津波の勢いで、今頃は、どこかの堤防が決壊し、広大な稲田が濁流に呑み込まれているのは疑いない。

水害のたびに富山藩の年貢は激減し、武士も農家も、おしなべて暮らしは苦しい。それを補うのが、自分たち薬売りの役目であり、誇りでもあった。

諸国へ行商の長旅に出て、家々に薬箱を置いて歩き、次に訪れたときに、使った分だけ代金を受け取る。それが越中富山の置き薬のしくみだった。

そうして得た薬代の多くは、富山藩に差し出す。その収入がなければ、藩は農家から搾り取るしかない。

薬は利幅が大きいものの、薬売り自身の暮らしも厳しい。ただ国を支えているという自負と、人の命を救うという使命感とで、苦しさを乗り越えている。

喜兵衛は気を取り直し、顎に滴る水を両手で拭った。そして奉公人たちに向かって、雨音や濁流に負けじと声を張った。

「みんな、今年は例年以上に頑張らんとならんぞ」

一同はうなずいて籠を背負い直し、疲れを押して城下の店へと向かった。寅松には、ふたりがかりで肩を貸す。

喜兵衛には怪我が気がかりだった。もし完治しなければ、二度と長旅には出られない。薬売りとしての命を絶たれるのが忍びなかった。

二章　拒めぬ厳命

山津波からひと月が過ぎたころ、喜兵衛は色褪せた木綿の紋付き袴姿で、黒足袋に草履を履き、能登屋の土間に降り立った。

「昼前には戻れると思う」

妻のお多賀が、上がり框（かまち）に膝をついて言った。

「気をつけて行っておいでなさいませ」

まだ五歳のお喜与が、母親の隣に正座して、かわいい声をかける。

「お父さん、行ってらっしゃい」

四十を過ぎてからできた末娘であり、旅に出て会えない期間も長いだけに、ことさら愛しい。

軽く片手を上げて応じた。

「じゃあ、行ってくる」

喜兵衛は行商の日焼けで肌は浅黒く、長年、歯を食いしばって重い荷を担いできたせいで、顎が張っている。

目鼻立ちは、いかにも意思が強そうだと、よく人に言われる。ただ頬には痘痕（あばた）が目立つ。かつて疱瘡（ほうそう）に罹患し、完治した跡だ。

今でこそ壮健だが、子供のころは体が弱く、疱瘡だけでなく、麻疹（はしか）でもおたふく風邪でも水疱瘡でも、流行り病は何でもかかった。そのたびに父親が高価な薬を飲ませてくれて、何度も命拾いしたのだ。

たいがいの流行り病は、いちどかかれば、二度と罹患しない。そのために病人の世話ができる。痘痕は残ったとはいえ、薬売りとしては、ありがたい体質だった。

一方、お多賀は何もかも夫とは反対だった。色白の女が多い富山でも、特に肌がきれいで、細面の目鼻立ちは優しげだ。

性格は富山人らしく、夫婦ともに忍耐強い。老舗（しにせ）といえども暮らしは楽ではないが、お多賀は文句ひとつ口にしない。

女ながらも読み書き算盤に長（た）け、喜兵衛をはじめ男衆が行商に出る間は、女将（おかみ）として店を切り盛りする。それでいて役目の範囲はわきまえて、出過ぎたことはしない。

今日も喜兵衛は「行く先は真国寺」と告げただけだったが、詳しく聞こうとはしない。何もかも察して、古びた一張羅の紋付き袴を用意し、着せかけてくれたのだ。

喜兵衛が暖簾をくぐって往来に出ると、お多賀も外に出てきて、青空を見上げた。

「今日は、お天気がいいし、真国寺さまに行かれる途中で、きっと、お山がきれいでしょう」

お山とは立山連峰のことだ。

「そうだな。神通川（じんづうがわ）の河原からなら、特に美しく見えるだろう」

「気をつけて、行っておいでなさいませ」

もういちど妻と娘に笑顔で見送られて、喜兵衛は西に向かって歩き出した。

あれから常願寺川は案の定、下流域である富山平野の東寄りを水浸しにした。

ほかにも富山には暴れ川が七本もある。特に大きいのが、飛騨の山中から流れ出て、平野の西寄りを通る神通川だ。

富山城の外堀にも当たり、こちらが氾濫すると、城も城下町も無事ではいられない。だが今回は、なんとか土手の決壊をまぬがれた。

目指す真国寺は、そんな神通川を渡った先だ。喜兵衛は人通りの多い城下町を抜けて、緩やかな坂道を降りていった。

すると眼下に、川幅いっぱいに流れる神通川と、舟橋が現れた。固定の橋をかけても、増水するたびに流される。そのため、びっしりと舟を連ねて頑丈な板を載せ、人馬が渡れるようにしてある。先日のような大雨になると、中央で切り離して、舟を陸揚げする。水位が戻れば、またつなぐという臨機応変の造りだった。

北国街道の橋だけに、旅人が途絶えることはなく、充分な幅の板の上を、人も馬も悠々と行き交う。揺らぎがちな橋を、喜兵衛は慣れた足取りで渡り、対岸の土手を登りきって、東を振り返った。期待通り、遠景には、雪化粧の立山連峰が美しくそびえていた。ごつごつした尾根が連なり、日差しを受ける斜面が白く輝き、影になる部分は青く沈んでいる。

手前の川面は、秋晴れの空を映して、群青色に輝く。舟橋は中央部が流れに押され、下流に向かって弧を描く。

北国街道随一といっていいほど風光明媚で、錦絵にも描かれる場所だ。

しかし遅くとも峠が雪で閉される前には、喜兵衛は行商に出なければならない。限られた期間だからこそ、ことさら山並みが美しく見えた。

舟橋を渡って、すぐに街道から外れ、野道を半里ほど北に向かうと、真国寺に至る。

歴代富山藩主の菩提寺だが、きらびやかな大伽藍（だいがらん）などはない。慎ましやかな家風が、こんなところにも現れていた。

庫裡（くり）の裏手にまわって声をかけ、小坊主に案内されて控えの間におもむくと、金盛仙蔵（かなもりせんぞう）が先に来ていた。

能登屋と同業である宮嶋屋の主人で、喜兵衛とは同じ歳だ。店の規模も似ているが、相撲取りのような大男で、性格も豪快だった。

それが野太い声で聞く。

「やっぱり、喜兵衛さんも呼ばれたのかい」

「ああ、仙蔵さんもか」

仙蔵も喜兵衛と同じく薩摩組の所属だ。

薬売りたちは行き先ごとに、薩摩組、紀州組、駿河組などと組分けされ、同じ組の中でも、各行商人が独自の顧客を持つ。

いったん薬箱を置いた家は、たがいに侵さないのが約束だ。そのため商売仇にはならず、特に仙蔵とは気のおけない仲だった。

仙蔵は大きな身を寄せてささやいた。

「ここに呼ばれたということは、また殿さまに、お目通りだな」

喜兵衛は黙ってうなずいた。

城内では身分差がやかましく、藩主と商人が対面するわけにはいかない。そのため用がある場合は、藩主が先祖の墓参りを口実に真国寺まで出向き、商人を呼ぶのが恒例だった。

そんな面倒を押してまで、現藩主の前田利幹（まえだとしつよ）が直々に会うとなれば、並大抵の要件ではないのは明らかだ。

仙蔵が深い溜息をつく。

「今年は凶作だし、また御上納金だろうよ」

その可能性は高いが、今の能登屋にも宮嶋屋にも、藩に納められる金はない。差し止めといって、薩摩藩領内での行商が、もう五年も許されず、薩摩組としての収入は途絶えていた。

仙蔵がぼやく。

「そろそろ差し止めは、解いてもらいたいものだ」

そのとき外で人馬の気配がした。富山藩主一行の到着に違いない。

仙蔵は慌てて口をつぐみ、現れた小坊主の案内で、ふたりで広間に移動した。

下座で平伏して控えていると、太刀持ちの小姓に続いて、前田利幹が上座に着く気配がした。

「面をあげよ」

そう促されて、ふたり揃って身を起こす。

利幹は還暦を過ぎているが、蒲柳の質で、いつにも増して顔色が悪い。城から駕籠に揺られてきたために、どうやら乗りもの酔いしたらしい。仕草も大儀そうで、座ったとたんに脇息に身を傾けた。

侍医が滋養強壮の薬を処方しているはずだが、凶作による心労も大きいに違いなかった。かたわらには勘定奉行の富田兵部が控えていた。

利幹は人払いをして、小姓たちまで下がらせた。富田だけが残り、喜兵衛たちを手招きをした。

「殿のお側に」

富田は二十代半ばの若さながら、利幹の信頼が篤い。逼迫した財政の立て直しを任されており、薬売りの動向も掌握している。

算術はもちろん、武芸にも秀でており、がっしりとした筋肉質の体は、主人の利幹とは対照的だ。上背もあり、目鼻立ちの涼やかな美丈夫だった。

喜兵衛たちが正座したまま、前ににじり寄ると、利幹が富田に命じた。

「そなたが説いて聞かせよ」

すると富田は少しこちらに近づいて、声を低めた。

「島津さまから殿宛に、お手紙が届いた」

島津さまとは薩摩藩主で、蘭癖(らんぺき)大名と陰口をたたかれる島津重豪(しげひで)だ。薩摩組にとっては名前だけは馴染みがある。

富田は説明を続けた。

「近年、島津さまは、調所広郷(ずしょひろさと)どのと申すご家来を、重く用いておいでだ。なかなかの切れ者と評判だ」

薩摩藩の収入は七十万石に近いといわれているが、火山灰の影響で稲作に向かない土地が多い。そんな状況にも関わらず、島津重豪がオランダの書物や文物を、とめどなく買い入れることもあって、藩の財政が末期的という噂だった。

「薩摩藩の困窮ぶりは、われらが家中の比ではない。そこで財政改革のために、低い地位だった調所広郷どのが抜擢されたのだ」

その結果、調所は思い切った策を次々と打ち出して、驚くほどの効果をもたらし、今では家老にまで出世したという。

「お手紙によると、その調所どのが、そなたらに会いたいとのことだ」

思いもかけなかった話に、喜兵衛は仙蔵と顔を見合わせた。それも、わざわざ両藩主を介して商人に申し入れをしようとは。

喜兵衛は両手を前について聞いた。

「そのご家老さまに、お目にかかりましたら、薩摩組の行商差し止めを、お解きいただけるのでしょうか」

富田は鋭い目を向けた。

「それは、そなたら次第だ」

謎かけのような答えに、喜兵衛は、また仙蔵と顔を見合わせた。仙蔵も合点のいかない顔をしている。

富田は少し表情を和らげた。

「とにかく詳しくは調所どのから聞くがよい。われらが家中には、けっして損をこうむらせぬと、島津さまが約束されている。ただし、この件は、いっさい口外はならぬ」

調所広郷との内々の面談の場所は、薩摩藩の大坂蔵屋敷を指定された。

最後に利幹が大義そうに口を開いた。

「そういうことゆえ、ふたりで急ぎ大坂へ出かけよ」

藩主直々の命令では否も応もなかった。


真国寺から城下に戻る道すがら、仙蔵が不満そうに太い首を傾げた。

「それにしても、その調所さまとやらは何用だろう。差し止めの解除だけなら、何も殿さま同士で、お手紙のやりとりをするほどのことはあるまいに」

喜兵衛も歩きながら首を傾げた。

「見当もつかんが、とにかく楽な話ではなさそうだな」

両藩主までからんだからには、たとえ難題を押しつけられたとしても、容易には拒めない。それだけは確かだった。

「でも薩摩の殿さまが、こちらには損はさせぬと仰せなのだから、それを信じるしかなかろう」

神通川の河原に至ると、また目の前に、舟橋と立山の絶景が広がっていた。

越中富山の薬売りの、そもそもの始まりは、その立山にあった。

古くから諸国の修験者たちが、修行のために立山連峰に登った。彼らは山中で薬草を見つけると、乾燥させるなどして持ち歩いた。

最初は、自分が体調を崩したときの備えだったが、国許との行き帰りの道中で、病人と出会えば分け与え、いくばくかの布施（ふせ）を受け取るようになった。

それがよく効くと評判になり、彼らを泊める家々では、病人が出たときの備えとして、薬を欲しがった。

そこで修験者は、あらかじめ何種類かの薬を置いていき、次に訪ねたときに使った薬を補充して、そのつど布施をもらうようになった。

当初、修験者たちは、薬草を粉末にしたり煎じたりして、一種単体で用いていた。しかし経験を経るにつれ、数種類を組み合わせると、薬効が上がることがわかった。

薬草だけでなく、熊の胆（い）や鹿の角など、動物系のものも用い始めた。

いつしか混ぜて調合したものを薬と呼び、材料となる単体の薬草や熊の胆などを薬種と呼んで、区別するようになった。

しだいに個人で採集するだけでは足らなくなり、富山の町には修験者相手に、薬種を売る店ができた。

それが一軒、二軒と増え、しだいに町全体で、薬の知識が深くなっていった。

薬そのものも、煎じ薬や粉末だけでなく、小さく丸めた丸薬も作られ、いよいよ専門性が高まった。

そもそも富山は、徳川三代将軍家光のころまでは、独立した藩ではなかった。加賀百万石の一部でしかなかったのだ。それが加賀前田家の二代藩主が隠居する際に、富山十万石として分家されて、支藩という立場になった。

水害が多い土地だけに、本藩としては厄介払いをしたも同然だった。それでいて本藩の普請などには、支藩として手伝いが強いられる。

そんな難題満載の富山藩二代藩主に、前田正甫（まさとし）という名君が現れた。彼には地元で語り継がれる逸話がある。

江戸城に登城した際に、ある大名が急な腹痛に襲われたため、持っていた反魂丹（はんごんたん）という薬を与えた。すると、たちどころに腹痛はおさまったという。

それが江戸城内で評判になり、ほかの大名たちも「そんな妙薬ならば」と反魂丹を欲しがった。快く分け与えると、予想外の謝礼となって返ってきた。

そこで正甫は妙案を思いついた。反魂丹を始めとする富山の薬を、諸国に売り出したらどうかと。藩の収入にもなるだけでなく、薬売りは病人を助けられる。諸国で歓迎されるに違いなかった。

さっそく領内に「他領商売勝手」を布告した。薬売りは富山藩領を出て、全国どこにでも行商に行っていいという許可だ。通行手形を発行し、全国各地の関所を通れるようにした。

修験者の布施の受け取り方を見習って、「先用後利（せんようこうり）」という商法を奨励した。何種類もの薬の入った薬箱を、まず家々に置いていき、次の訪問の際に、使った分だけ代金を受け取る形式だ。

これは諸国の農家に、特にありがたがられた。たいがい農村には医者などいない。病気になれば、富山の薬箱だけが頼りになった。

　だが薬売りが隆盛になり、人数が増えるにつれて、偽薬が出まわり始めた。そのために富山売薬の評判が落ちた時期があった。

　薬は何より信用が大事だ。そこで富山藩は反魂丹役所という薬の専門部署を設けて、製薬と行商の管理に乗り出した。

　行商人が行先ごとに組み分けされたのは、そのころだった。薬の成分や行商の心得も、反魂丹役所によって徹底された。

　一方、行商を迎える諸藩の中には、現金の流出を嫌って、薬売りたちの入国を拒むところも出てきた。これが差し止めだった。

　特に薩摩藩では、たびたび行われ、薩摩組ができて以来、もう四回もの差し止めが繰り返されてきた。

　突然、差し止めを宣告されてしまうと、それきり薬の補充ができなくなり、病人は治療の手立てを失う。

　そうして農家の働き手が亡くなりでもすれば、藩としては年貢の減収につながる。そのため結局は数年のうちに、差し止めは解除される。

　しかし解除後に久しぶりに訪ねてみると、どこの家も薬箱は空で、すべての代金など、とうてい支払えない。

　しかたなく「あるとき払いで」と、売り手側が譲歩し、結局は回収できなくなる。それが藩のねらいなのは明らかだった。

　だから差し止めが解除されたとしても、両手（もろて）を挙げての大歓迎とはいかない。まして薩摩組は特に旅の行程が長い。もっとも厄介な組だった。

それでも行商を続けるのは、待っている顧客がいるからにほかならない。人のためになることが、薬売りたちにとって何よりの喜びだった。


喜兵衛は仙蔵とふたりで、大坂に着くなり、まずは道修町に向かった。

大坂の中心に近く、日本一の薬の町だ。高麗橋付近に武田、田辺、塩野義など、そうそうたる薬の大店が軒を連ねる。

漢方薬の材料である薬種の多くは、清国や朝鮮から輸入され、いったん長崎で陸揚げされて、ほかの荷と一緒に、千石級の帆掛け船で大坂の港まで運ばれてくる。

港内で川舟に積み替えられ、土佐堀川をさかのぼり、横堀川という掘割に入って、高麗橋へと届けられるのだ。

そのために、掘割が縦横に広がる大坂の市中でも、特に高麗橋付近は、水面を埋め尽くすほど川舟が浮かんでいる。

陸上の往来には、大八車や背に荷を載せた馬が、ひっきりなしに行き来して、人通りも多い。

道修町で取り扱う薬は、間違いのない輸入品という折り紙つきだ。諸国の薬問屋は、ここでまとまった量を買いつけては、国元の医者や小売の薬店におろすのだ。

喜兵衛は仙蔵と連れ立って、一軒の薬種商の暖簾をくぐった。薩摩藩の蔵屋敷を訪ねる約束には、まだ時間が早く、最近の薬種の価格を探るつもりだった。

店内は薬屋独特の香りが漂う。能登屋にも同じ香りはあるが、こちらの方が、はるかに強い。置いてある量が違うのだ。

店の手代が揉み手をしながら現れて、こちらに座布団を勧め、上がり框に腰掛けるように促した。

「これはこれは、能登屋さんと宮嶋屋さん、お久しぶりでおます。お揃いで遠いところを、よう来てくれはりました」

喜兵衛は内心、舌を巻いた。この店に来たのは、ずいぶん前で、それもいちどきりのはずだ。まして何も買わなかったのに、いまだに覚えていようとは。

「今日は何を、ご入り用でっか」

いかにも愛想よく聞く。

喜兵衛は嘘をつく気にはなれず、正直に答えた。

「いや、今すぐ何か買うというわけではないのだが」

それでも手代は作り笑いを続ける。

「ほんなら、とりあえず、いくつか品物を、お見せしましょか」

軽く腰を上げて、正面の壁一面にはめ込まれた薬箪笥（くすりだんす）に向かい、塗り盆に三種類ほど取り出して戻ってきた。

どれも油紙に包まれており、手代はひとつを開いて見せた。甘い香りが広がる。もう一つは爽やかな香りだった。

「能登屋さんや宮嶋屋さんには、わざわざ申し上げることやありませんけど、この麝香（じゃこう）も竜脳（りゅうのう）も、唐（から）船が長崎に運んできたばっかりで、間違いのない上もんでっせ」

麝香は、かなり大きめの塊で、竜脳は大粒の結晶だ。

どちらも日本国内では、どうしても手に入らない薬種であり、喜兵衛としては喉から手が出るほど欲しい。仙蔵も目を凝らして見つめている。

手代は、もうひとつの油紙を開いた。

「こっちの人参は、対馬（つしま）経由で、朝鮮から届いたもんですけど、滅多にないほど立派でっせ」

油紙ごと喜兵衛に差し出す。大きさもさることながら、手に取ってみると、ずしりと重い。

嵐の中で、喜兵衛たちが命懸けで収穫した高麗人参とは、比べものにもならない。効き目にも差が出るのは明らかだった。

喜兵衛は仙蔵に手渡して、手代に聞いた。

「で、値は？」

手代は算盤を手にすると、ぱちぱちと弾を弾いた。

「麝香は一匁（もんめ）で、これにさしてもろてます」

また球を弾き直して言う。

「竜脳の一匁はこっちで、人参は、この値です」

一匁では吹けば飛ぶような量だ。欲しいだけ買うとなれば、とてつもない金額になってしまう。とうてい手が出ない。

仙蔵が人参を返すと、手代は笑顔で言う。

「ほかでもない能登屋さんと宮嶋屋さんでっさかい、まとまった量でしたら、勉強さしてもらいますよ」

だが今までの経験からして、値引きするといっても、その額は知れている。

首を横に振って、立ち上がろうとしたときに、奥から女中が茶と煙草盆を運んできた。

手代が勧める。

「せっかくやし、一服してってください」

喜兵衛は遠慮したが、仙蔵が懐から煙管を取り出して、刻み煙草を詰め始めた。

しかたなく喜兵衛も茶に手を伸ばしたが、茶はもちろん、仙蔵が吹かす煙草も香りがいい。どちらも高級品なのは明らかだった。

手代が薬種を油紙に包み直しながら聞く。

「能登屋さんも宮嶋屋さんも、たしか薩摩組さんに属してはりましたね」

「いや、薩摩組といっても、もう何年も働いてないんでね」

喜兵衛は余計なことはいうまいと警戒しながらも、最低限のつもりで答えた。

手代は声を低める。

「入国差し止めでっしゃろ。噂は聞いてまっせ」

「こう言うたら何ですけど、島津さまの御家中は、評判が悪おます。とくに、ここのところ調所さまゆう方が強引で」

喜兵衛は内心、動揺した。これから会いに行こうという相手が、いきなり話題になろうとは思っていなかった。

手代は、いよいよ小声で言う。

「島津さまのご家中に、お納めした品物の代金が滞って、お代を頂けへん店が、大坂だけやのうて長崎や江戸にも仰山あって、全部で五百万両にもなってるそうですわ」

さらに小声で「お殿さまが蘭癖で」と、付け加える。

島津重豪が長崎で買い集めた蘭書やオランダ渡りの品々も、代金が未払いだという。

手代は呆れ顔で話す。

「そんな負債を、ぜーんぶ、調所さまが分割にしてしもうたんですわ。それも、なんと二百五十年の

「長期返済でっせ」

喜兵衛は思わず眉をひそめた。膨大な借金の二百五十年分割返済とは、とんでもない数字だった。

仙蔵も驚いて煙管を持つ手を止めた。

手代は、なおもささやく。

「まして利子なしでっせ。借金棒引きと同じでっしゃろ」

五百万両を、もし二百軒から借りているとしたら、一軒につき二万五千両の負債になる。

それを二百五十年かけて返すとなれば、一軒あたり年に百両を受け取ることになる。十年経っても千両にしかならず、二万五千両には程遠い。

喜兵衛にしてみれば、千両はおろか、百両でも大金だが、貸した側としては話にならない。だいいち二百五十年も先まで、その店があるかどうかも心許ない。

しかし薩摩藩にしてみれば、毎年、百両ずつ二百軒に返すとしたら、確実に二万両が出ていく計算になる。末期的な財政の中から、本当に二万両が出せるのか、それさえも喜兵衛には疑問に思えた。

さすがに仙蔵が聞いた。

「それで、貸した側は、よく納得したもんだな」

手代は大袈裟に眉をひそめた。

「いえいえ、納得するもせえへんも、この条件を呑まんかったら、島津さまの御家中はのうなってしもうて、一両も返ってけえへんようになるて、脅かされたんですわ」

どうやら、この店も、いくらか被害にあっているらしかった。

「そやから、お気をつけくださぃ。薩摩組さんは、ずっと差し止めの方が、よろしおす」

薩摩組も、前に家々に置いていった薬代を踏み倒されるのは明らかだった。

喜兵衛は空の湯呑みを茶托（ちゃたく）に戻した。

「じゃあ、これで」

立ち上がると、また手代が作り笑いで腰を浮かせた。

「また、おいでやす」

買わない相手にも愛想を振りまくのが、大坂商人だ。

仙蔵とふたりで出ていこうとしたときに、店の奥から若い娘の甲高い声が響いた。

「お姉ちゃん、早う、早う。もう始まってまうわ。お姉ちゃんは、いっつも遅いんやから」

奥から出てきたのは、華やかな振袖姿の娘たちだった。

「しゃあないやないの。髪結いが手間取うたんやから」

「お姉ちゃんが、うるそう言うからやん」

「そう言うたかて、せっかくの浄瑠璃（じょうるり）見物やし、気に入らん髷で行きとうないし」

ふたりの後ろを、風呂敷包みを抱えた女中が追いかけてくる。娘が一転、女中に聞く。

「舟は頼んである？」

「もう、とっくに。橋のところで、ずっと待ってますえ」

店の丁稚（でっち）が揃えた草履を履きながら、また娘が女中に聞く。

「お重に卵焼き、入れてくれた？　かまぼこは？」

「どっちも入れましたよ。こいさんが、お好きなんは、ちゃんと心得てますし」

もうひとりの娘も聞く。

「お鯛さんは入ってるやろね。あれがあらへんと、ふた開けたときに、隣のお重と比べて、見劣りするさかいに」

「それも、ちゃんと入れました。入ってへんかったら、いとはんから叱られますよって」

あたふたと話しながら、三人で出かけていく。

喜兵衛と仙蔵が後から外に出ると、三人は目の前の橋のたもとから、川辺への石段を下っていくところだった。

そこから猪牙舟(ちょきぶね)に乗り込んで、芝居小屋の近くまで乗りつけるに違いなかった。

仙蔵が橋の上から見下ろして毒づいた。

「あの振袖も髪結い代も重箱の弁当も、舟代も浄瑠璃の席料も、何もかも薬の代金に上乗せされてるんだろうな」

喜兵衛は黙っていたが、その通りに違いなかった。

「いとはんだか、こいさんだか知らんが、いい身分だぜ。あんな贅沢して、島津さまから年に百両も受け取れるなら、何の文句もなかろうに」

仙蔵は、なおも不機嫌そうに言い募る。

「それにしても調所さまとやらは、ずいぶん評判が悪いな」

その点は喜兵衛も不審に感じていた。

薬売りにとって、信用が何より大事であり、借金の棒引きは、それを覆す行為にほかならない。だが富田兵部は、調所を「なかなかの切れ者」と言ったのだ。

何が何だかわからず、いよいよ面談は気が重かった。

薩摩藩の蔵屋敷は、高麗橋から土佐堀川沿いに出て、少し下流にある。中之島の対岸に当たる川筋だった。

その界隈には諸藩の蔵屋敷が集まり、通り沿いには、武家屋敷ならではの海鼠塀（なまこべい）が続いていた。

門で名乗ると、中の建物に案内され、座敷に導かれた。

ふたりで下座に控えているうちに、ひとりの男が現れ、ひょいと火鉢の前に座って、みずから名乗った。

「調所だ。ふたりとも、こちらに来るがよい」

気楽な調子で手招きする。

喜兵衛も仙蔵も戸惑った。大藩の家老が従者もなしで登場したのも驚きだったが、町人の分際で、上座下座の区別なく同席するわけにはいかない。

もういちど促された。

「遠慮せずともよい。ここへ」

喜兵衛は噂からして、調所広郷を強面（こわもて）だと思い込んでいた。

しかし実際は違った。四十六歳の喜兵衛よりも、いくつか歳上のようだが、童顔の優男（やさおとこ）で、女性的な雰囲気さえある。

よく見れば、調所の紋付き袴は、喜兵衛たちと同じく色褪せた木綿だ。

さらに驚いたことに、調所は火鉢にかかっていた鉄瓶を、手ずから持ち上げて、丸盆の急須に注ぎ始めたのだ。

「ここに座れ。そんなところに座っていては、腹を割って話せぬ」

喜兵衛は仙蔵と視線を交わしてから、火鉢の近くまで、にじり寄った。

調所は黒い急須を何度も揺すってから、湯呑み茶碗に注ぎ、茶托に載せて、こちらに勧めた。

「熱いうちに飲め」

命令口調で言われ、喜兵衛も仙蔵も湯呑みを手にしてすすった。

驚いたことに茶ではなく、甘湯（あまゆ）だった。調所が自慢げに言う。

「美味いであろう。黒糖湯だ」

あらかじめ急須に黒砂糖が仕込んであったらしい。

「黒糖は琉球の近く、奄美という島々で採れる」

琉球の手前、奄美諸島までが薩摩藩領であり、そこで砂糖黍（さとうきび）を育てて黒糖に加工し、大坂まで運んで売却しているという。

調所は喜兵衛たちの手元を目で示した。

「その湯呑みは白薩摩と申す。急須は黒薩摩だ」

よく見ると、白薩摩には白い地に、唐風の華やかで細かい絵柄が描かれている。黒薩摩は厚手で無骨ながら、黒の色味が深い。

どちらも薩摩藩内の村で焼いており、やはり大坂に運んできて売っているという。

それから調所は、かたわらに置いてあった反物を広げて見せた。

「奄美の女たちは機織（はたお）りもする。これは大島紬（おおしまつむぎ）と申す。触ってみるがよい」

それは黒っぽい反物で、素朴な雰囲気だった。しかし手に取ると驚くほど軽く、手触りがいい。明らかに繊細な絹だった。

「これは島の泥で染め上げる織物だ。色は地味ながら、きわめて着心地がよい。江戸で、よく売れている」

一見しただけでは木綿地に見えるため、幕府の奢侈（しゃし）禁止令に引っかからない。それで江戸の豪商たちの間で、急速に人気が高まっているという。

「ほかにも屋久島という離島では、湿気が多いゆえ、杉の育ちがいい。樹齢何百年というものは、地元で御神木とされていて、手がつけられぬが、若い杉は切り出して、こちらに運んでくる」

材木としてだけでなく、樹皮は屋根葺（やねぶき）にも使えるし、切り出し後の植林も、計画的に進めているという。

「わが家中では、こうした特産品を国許から運んできて売っているが、ほかにも、ぜひ売りたいものがある」

喜兵衛と仙蔵を交互に見てから、おもむろに言った。

「漢方の薬種だ」

喜兵衛は、そのために呼ばれたのかと合点した。

薩摩藩は琉球を実質的な支配下に置き、前々から清国との貿易の拠点にしている。それ自体は幕府から認められている。

清国からの主な輸入品は、漢書や漢方の薬種、生糸、反物などだ。その対価として輸出していくのは、蝦夷地産の昆布や干貝柱や干海鼠（ほしなまこ）など、俵物（たわらもの）と呼ばれる海産物になる。

海産物はアイヌの人々が採って乾物にする。それを和人が、北前船（きたまえぶね）という大型の帆掛船に載せて、蝦夷地から南へと運ぶ。最終的には長崎にもたらされ、長崎会所を通して清国に輸出するのだ。

輸出入どちらも、いったん長崎奉行所と、会所と呼ばれる貿易の機関を通さなければならない。そこで課税されて初めて、国内で取引ができるのだ。輸入薬種の大部分は、大坂の道修町に運ばれる。

しかし、それでは薩摩藩の儲けが少なくなってしまう。できることなら長崎を通さずに売り買いしたい。だが、そうなると抜け荷と呼ばれ、密貿易扱いになる。幕府が躍起になって取り締まる対象だ。

かつては薩摩組も直接、薩摩藩から薬種を買い入れていたこともある。だが十年ほど前に抜け荷が発覚しかけた。

　そのとき薩摩組は幕府の役人に、高額の袖の下を差し出して、必死に揉み消したのだ。以来、しばらくは抜け荷は影を潜めていた。

　しかし事態が落ち着くと、新たな噂が聞こえてきた。薩摩藩が新潟の商人を使い始めたというのだ。北前船は航海の途中で、新潟などの港に寄る。その際に、商人たちが内々に昆布を買い入れ、薩摩藩に横流しししているという。

　その見返りとして、新潟商人たちは琉球経由の輸入品を手に入れる。それを売りさばいて、莫大な利益を得ているとも聞く。

　薩摩組としては、十年前の抜け荷発覚以来、薩摩藩と直接の取引を避けている。それでも、やはり安価な薬は欲しい。そのため新潟の商人から、抜け荷の噂のある薬種を、目立たないように買い入れてきた。

　そうしなければ、道修町で高価な正規品を買わなければならず、庶民相手の売薬は成り立たない。

　富山の商人たちにも抜け荷の売買をしないかと、再三、誘いはあった。だが前のことで懲りており、そのたびに断った。

　その結果、薩摩藩が腹を立てて、五年前に行商の差し止めに至ったのだ。だから今さら調所から「薬種を売りたい」と持ちかけられても、とんでもない話だった。

　しかし、そんなことは先刻承知とばかりに、調所は、またもや意外なことを言った。

「富山の港で、薬種を売り買いせよというわけではない。それよりも、ひとつ相談がある」

　喜兵衛は警戒しながらも聞き返した。

「何でございましょう」

「薩摩組で船を持たぬか」

「私どもが船を？」

「そうだ。五、六百石ほどの帆掛船で、建造費は、こちらから低利で貸そう」

「何のための船で、ございましょう」

薬種は小さくて軽く、人力で充分に運べる。船を使う必要などない。

だが調所の答えは、いよいよ予想外だった。

「船で昆布を運んでもらいたい」

喜兵衛は驚いて、仙蔵と顔を見合わせた。調所は平然と話を続ける。

「ここのところ昆布は、新潟の商人たちから手に入れている。だが新潟だけでは足りぬのだ」

近年、特に幕府の目が厳しくなっているが、調所としては密貿易を拡大したいし、複数の入手先を確保しておきたいという。

調所は白薩摩の小さな壺から、黒糖のかけらを取り出して急須に投げ込むと、また鉄瓶の湯を注いだ。

「薩摩で北前船を持てれば、話は早いのだが、それでは抜け荷のためだと、すぐに見抜かれてしまう。その点、富山の者ならば目立たぬであろう」

富山も北前船の寄港地にあたる。そのため老舗の薬屋が、本業のかたわら回船業に乗り出すという名目にすれば、船を所有しても、まず疑われないという。

調所は喜兵衛と仙蔵の湯呑みを手元に戻し、また急須を揺らしてから、それぞれに注いだ。

「二杯目も飲め」

調所に勧められると、甘湯一杯でも断りにくい。喜兵衛も仙蔵も警戒しつつも、二杯目に口をつけた。

調所は自分の湯呑みにも甘湯を満たして言った。

「昆布を箱館あたりで大量に買いつけて、直接、鹿児島まで運んでもらいたい。さすれば、われらが琉球で得た薬種と、破格の比率で交換しよう。そなたらには、けっして損はさせぬ」

船の建造費のみならず、最初に買いつける昆布の代金も、薩摩藩で低利で貸すという。

「これが実現できれば、そなたらは儲けられるし、薬も安く提供できよう。特に薩摩の民には、安くしてもらいたい」

密貿易の片方を担ぐなど論外ではあるものの、喜兵衛は湯呑みを置いて聞いた。

「つまりは、差し止め解除ということでしょうか」

「そうだ。この秋からでも行くがいい」

調所は甘湯をすすってから聞いた。

「船の件、引き受けてくれるか」

あまりにも重大な話に、喜兵衛は即答できない。

以前は密貿易の薬種を買っただけで、揉み消しに大金がかかった。その後、抜け荷に手を貸せと誘われたときにも断った。

なのに今度は、船で抜け荷自体を運べというのだ。あきらかに前より危ない橋を渡ることになる。

だいいち調所の話を、どこまで信用していいのかもわからない。なにせ五百万両もの借金を、棒引き同然にした男だ。

新造船の建造費のことも、薬種との交換の件も、差し止め解除の件も、あまりに話が上手すぎる。

すると調所は立ち上がった。

「倉を見せよう」

促されて建物から出ると、敷地の裏手に白漆喰の土蔵が並んでいた。

土蔵に囲まれるようにして角形の池があり、ぎっしりと川舟が浮いていた。池の一部が水門になっており、裏手の土佐堀川に繋がっている。

調所は川べりに立って、河口の方向を指さした。

「鹿児島から大型の帆掛船が来ると、土佐堀川河口近くの海に錨を下ろす。その知らせを受けるなり、ここから川舟が、いっせいに出ていって積荷を受け取り、ここの倉に納めるのだ」

建ち並ぶ倉を目で示す。

「今は倉は空だ。しかし年が明けるころには、奄美から黒糖の俵が続々と届き、どの倉もいっぱいになる。大島紬や薩摩焼も運ばれてくる」

また土佐堀川に視線を戻した。

「川の向かいは丸亀藩、その先は宇和島藩だ。手前側にも長州藩など、大大名の蔵屋敷が並んでいる。どこも自藩の産物を売り込もうとしているが、わが家中に匹敵する品物はない。むしろ諸藩では、大坂で必要なものを買い入れるために、倉が用いられているようなものだ」

黒糖は奄美の気候があってこその特産物であり、ほかの地方では作れない。

「正直に申そう。われらが、奄美の島の者たちを酷使しているという批判もある。たしかに今は厳しく働かせてはいる。そのため病気になって働けなくなると、家族の荷物になるまいと、首をくくる者がいる。だが、それは島に限ったことではない」

薩摩本土でも農家は貧しく、凶作の年には自殺者が出るという。

「ただし外聞が悪いゆえ、どこの家でも病死で片づけているのだ」

調所は初めて小さな溜息をついた。

「幕府は百姓には米づくりを、武家には質素倹約を求めるばかりだ。だが薩摩には米づくりには向かない土地がある。米で勝負しようとするから、皆、貧しいのだ。一方、商人は何も作らず、品物を動かすだけで金を得ると見なされて、さげすまれる。だが、それは間違っている」

また強い口調に戻った。

「商人は、もっと重んじられるべきだ。何が売れるか見極めねばならぬし、資金も要る。運ぶ手間もかかる。頭を使わねば、できぬ仕事だ」

明らかに重商主義の話であり、重農主義を貫く幕政を批判していた。

「ただ江戸や大坂の豪商の中には、私利私欲のために金を儲け、贅沢にふける者も少なくはない。彼らに集中する富を、私は国許に分け与えたい。昆布や薬種を売り買いして、民百姓を楽にしてやりたいのだ。もちろん奄美の者たちも」

正当に商売を重んじ、広く利を享受する。そんな風潮を、薩摩から諸国へ広めたいという。

「そなたら薩摩組に、その手助けをしてもらいたい」

調所は喜兵衛と仙蔵に、改めて視線を据えた。さっきまで女性的に見えたのが、厳しい表情に変わっていた。

喜兵衛としては、調所の理想には同調できるものの、なおも承知はできなかった。幕府の禁制に触れることだけに、発覚すれば罪人になってしまう。

仙蔵も戸惑い顔だ。それでも富山と薩摩、両藩主が関わる話だけに、この場で断るわけにもいかない。

喜兵衛は言葉を選びながら答えた。

「急にいろいろなお話をうかがって、正直なところ戸惑っております。できれば薩摩組の仲間たちとも話し合いたいと存じます」

調所は大きくうなずいた。

「わかった。ともあれ、まずは差し止めを解除しよう。薬種は間違いのない品物を琉球で手に入れて、その方らに原価で提供する」

薬百層倍といって、薬は人の手を経るたびに、価格が跳ね上がっていく。輸入原価で入手できるなら、市場価格とは比べものにならないほど格安なはずだった。

それで差し止め解除になるなら、この五年間で空になった代金を、たとえ取りはぐれても、大きな損にはならない。

とはいえ今までにない好条件であり、そこまで期待されているのかという思いと、話が上手すぎるという疑惑とが、いまだ喜兵衛の心中で交差する。

調所は、さらに譲歩した。

「船の返事は覚悟も要るであろうし、今すぐでなくてもよい。昆布輸送は、わが藩の再建の要だ。本当は今すぐにでも返事が欲しいところだが、慌てて始めて失敗しても困る」

充分な準備期間を取っていいという。

喜兵衛は聞き返した。

「もし、そなたらが昆布を運ぶなら、その間、行商差し止めは、いっさいせぬ。その約束は違(たが)えぬ」

「もし、お手伝いできませぬと申し上げたら、すぐまた差し止めでございましょうか」

すると調所は謎めいた言い方をした。

「そなたらが行商に来て、こちらも助かる部分もあるし、二年や三年で差し止めはしたくない」

喜兵衛は、もう一歩、踏み込んで聞いた。

「ならば四年めからは差し止めですか」

調所は笑い出した。

「そういうわけではないが、そもそも、ここまで話したからには、よくない返事など、私は聞くつもりはない」

五百万両を二百五十年の分割にした強引さが、ちらりと垣間見えた。

さらに調所は言い添えた。

「これは清国人のためにもなる話だ」

清国では昆布を薬膳料理として用いるという。疲れやすかったり、むくみやすかったりする体質が改善するらしい。

日本人と違って、日常的に海苔やわかめを食さないために、そんな症状が出るといわれている。

「彼らとて、少しでも安く、よい昆布が欲しかろう。清国人、薩摩人、そして、そなたらが薬をもたらす他国の者どもも、安く良薬を得られる。どれほど多くが助かるか。どうか、よくよく考えてもらいたい」

さっきとは一転、真摯(しんし)な口調になっていた。

三章　灰の国

南国の薩摩にも木枯らしが吹きすさぶ。

喜兵衛たちが富山を出たときには、まだ秋の名残りがあったが、旅を進めるうちに冬に突入した。

目の前で、薩摩藩の関所役人が、ひとりずつ人相描きを読み上げていた。

「能登屋主人、密田喜兵衛。四十七。背は高き方。顔、浅黒く、痘痕あり。目鼻立ち整い、顎は張り気味なり。これで相違ないな」

喜兵衛は背負ってきた薬の荷を、かたわらに置き、かしこまって答えた。

「間違いございません」

喜兵衛は命じられるまま、指先に朱肉をつけて、文章の脇に、拇印から順番に十本全部を押した。さらに手のひら全体にも、朱肉をつけて手形も押す。

薩摩に入国するための関所は三箇所あり、その中のひとつ、小川内（こかわうち）関所だった。

道幅いっぱいに、頑丈そうな材木が二重にめぐらされて、木戸が設けられている。敷地内に入ると、これ見よがしに槍や刺股（さすまた）が、ずらりと並べて立てかけられていた。

本来、薩摩藩は他国人の入国を禁じており、東海道の箱根のように、人を通すための関所ではない。あくまでも他国人をはばむための関所だった。

そのため関所改めが、きわめて厳しい。ほとんど人通りはないのに、守りにつく役人の数が、むやみに多い。

他国人としては、富山の薬売りだけが、例外的に出入りできる。しかし一括で入国し、行商が済めば、ひとりも欠けることなく出国させられる。

そのうえ五年ぶりの入国だけに、くどいほどの吟味だった。

「宮嶋屋主人、金盛仙蔵」

以前から薩摩組は二十六人と定められている。呼ばれた順に前に進み出て、縁側前に片膝をつく。

「金盛仙蔵、歳は四十七。上背、横幅ともありて、きわめて大男なり。相違ないな」

仙蔵は大きな体をかがめて答えた。

「その通りでございます」

喜兵衛も仙蔵も老舗の主人ながら、みずから行商に出る。行商こそが商売の基本であり、こればかりは人任せにはできない。

薬売りたちは、裾はしょりした股引き姿で、手甲脚絆をつけ、足元は草鞋。歩くときには平たい菅(すげ)の笠をかぶる。

木枠の背負子(しょいこ)に、葛籠(つづら)や小型の柳行李(やなぎごうり)を載せて、担いで行く。ひとつひとつの薬は軽いが、量が多いだけに、背負うと、ずっしりと重い。

次々と吟味が続いた。

「能登屋番頭、寅松」

そこまで進んだときに、急に役人が顔色を変えた。

「どういうことだ？　書付には四十九歳とあるが、子供ではないか」

喜兵衛は慌てて前に出た。

「これは先代の寅松のひとり息子で、松太郎と申します。先代が脚を怪我しましたので、代替わり致しました。その件は別紙にしたため、すでに飛脚にて、お送りしてあります」

すると役人たちは不審顔を突き合わせて、書類の束を改め始めた。

あれから喜兵衛は仙蔵とふたりで、急いで大坂から富山に帰り、薩摩組全員を集めた。

薩摩組二十六人は、能登屋と宮嶋屋が奉公人を含めて五人ずつで、あとは二、三人ずつの店が五軒と、店を持たない者が三人という構成だった。

喜兵衛は、調所から聞いたことを何もかも打ち明けて、仲間たちに相談した。

すると持ち船の件はもとより、差し止め解除すら疑問視された。そんなに評判の悪い家老など、信用できないというのだ。

特に松屋の甚七が、語気荒く言い立てた。

「なんで喜兵衛さんも仙蔵さんも、そんな怪しい話を持ち帰ったんだ?」

まだ二十代前半だが、向こう気が強く、髷を斜めに結って、少し格好をつけている。

喜兵衛が落ち着いて答えた。

「調所さまの評判はよくはないが、薩摩藩を立て直したいという熱意は感じた。とりあえず行商には行ってみてもいいと思う」

「へえ、仙蔵さんは、どう思うんだい」

仙蔵は甚七から振られて、おもむろに太い腕を組んだ。

「調所さまのことは、頭から信用していいのかどうか、俺にはわからん。ただ差し止め解除自体は、悪い話ではない。薬種が格安で手に入るしな」

すると甚七は舌打ちをした。

「そんな上手い話、何かの罠(わな)じゃねえのか。ふたりして、いいように丸め込まれたな。さぞや大坂では、いい思いをさせてもらったんだろう」

とたんに仙蔵が腰を浮かせた。

「なんだとォ」

大きな手でつかみかかろうとする。喧嘩になれば甚七に勝ち目はない。

すぐさま喜兵衛が仲裁に入った。

「落ち着け。ふたりとも」

すると、それまで黙っていた寅松が、山津波で怪我した足を前に投げ出したままで、口を開いた。

今や正座もできない。

「実際に話を聞いてきた旦那たちが言うんだから、少なくとも行商の件は信用してもいいかもしれん。みんな、薩摩には行きたかろうし」

本当は二十六人のうち、行商に行きたくない者などいない。だれもが薩摩藩内に、たくさんの顧客を持っている。

差し止めになって以来、仕方なく、ほかの地方に出向いては、新しい得意先を開拓してきた。

だが見ず知らずの家に飛び込んで、薬箱を置いていこうとしても、先用後利の仕組みが理解されない。何か裏があるのではと疑われて、塩を撒かれることも度々だ。

その点、薩摩なら、たとえ五年ぶりでも信用は残っているし、歓迎してもらえるのは確かだった。

顧客たちも富山の薬を、ずっと待っているに違いない。

寅松の意見に同調する者が相次いだ。しかし甚七をはじめ頑強に反対する者もいて、論争になった。

それぞれが勝手にしゃべり始めて、もはや収拾がつかなくなると、仙蔵が分厚い手のひらで、大きな音を立てて畳をたたいた。

一同は驚いて口を閉ざす。その隙に、仙蔵は野太い声で思いをぶちまけた。

「甚七みたいに行きたくないってやつは、行かなけりゃいいさ。誘えば行きたいというやつは、いくらでもいるんだ」

すると甚七が鼻先で笑った。

「懸場帳（かけばちょう）もなしで、行く意味があるのかよ。俺は絶対に手放さないからな」

懸場帳とは、薬箱を置かせてもらっている顧客の目録だ。先祖代々、出入りしている得意先が多く、薬売りは何より大事に秘匿している。

家の跡継ぎがいない場合などには、帳面ごと売り買いされることもあるが、そのときには、かなりな高額になる。

気まずい空気の中、もういちど喜兵衛が冷静に話を戻した。

「いや、行くなら、この二十六人で一緒だ。ひとりでも欠けるのなら、だれも行くべきではない。薩摩組は、この二十六人で仲間なのだから」

すると寅松が怪我をした片足を、悔しそうにたたいた。

「俺は、この通りだ。もう行商には行かれねえ。だから俺の代わりに松太郎を行かせたい。俺が、あいつに残せるのは薩摩組の懸場帳だけなんだ。足手まといにならないようにさせるから、なんとか薩摩組を続けてもらえねえか」

松太郎とは、寅松が四十近くなって、ようやくできたひとり息子で、まだ十二歳だ。

旅に出るには少し早いものの、寅松は切実な口調で話す。

「今を逃したら、きっと薩摩組は、なくなってしまう。どうか息子を行かせてやってくれ。みんなの仲間に入れてやってくれ」

自分が行きたいのは山々ながらも、息子を行かせたいという熱意が伝わってくる。あれほど反対していた甚七も、目を伏せて黙り込んでしまった。

さらに寅松は、すがるように喜兵衛に言った。

「旦那、船の件、薩摩組で持つのが無理なら、うちの店だけで持ったらどうだろう。何か起きたら、俺が勝手にやったことにする。もう俺には、そのくらいしか、できることはねえ。山津波のときに命を助けてもらったし、そんなことでよければ役に立ちてえんだ」

喜兵衛としては船のことまでは、いまだ覚悟が決まらない。ただ薩摩組の総意ではなく、能登屋一軒で船を持つというのも、ひとつの手かもしれないと思った。

喜兵衛は意見が出きったとみなして、まとめにかかった。

「そもそも今度の話は、殿さまからの直々のお声がかりで始まったことだ。薩摩の殿さまも、けっして損はさせないと約束してくださっているのだから、とりあえず行商には行ってみてもいいんじゃないか」

もはや反対する者はおらず、二十六人での薩摩行きが決まったのだった。


小川内関所の役人が、何度も紙束をめくって聞く。

「本当に、そのような別紙など出したのか。ここになければ、その子供は通せぬぞ」

喜兵衛は腹立ちをこらえて訴えた。

「間違いなく、お送りしています」

そして松太郎の後ろまで進み出て、まだ子供じみた両肩をつかんだ。

細い肩は小刻みにふるえている。もし通してもらえず、こんなところに、ひとりで置いていかれたらと、松太郎は怖くてたまらないのだ。

ようやく役人が一枚の書きつけを見つけた。

「ああ、これか。能登屋奉公人、松太郎、十二歳。このたび先代の寅松より代替わりし候」

横柄に手招きする。

「ここに来て、さっさと指印と手形を取れ」

松太郎は怯(おび)えながらも命令に従い、手のひらを朱色に染めて戻ってきた。今にも泣き出しそうな顔をしている。

全員の吟味が終わって、ようやく関所を通された。

木戸を出るなり、とうとう松太郎は洟をすすり始めた。年若い甚七が近づいて、脇腹を小突く。

「めそめそするんじゃねえよ。こんなことは、旅には、いくらでもあるんだからな」

言葉自体は荒いが、どこか慰めるような口調だ。

それを耳にした仙蔵が、大きな体を近づけて茶化した。

「そういう甚七だって、最初の旅じゃ、泣きべそだったよな」

ほかの仲間も同調する。

「甚七が泣いてたのなんか、ついこの間じゃなかったか」

甚七は憤慨した。

「この間であるもんか。初めて旅に出たのは十四のときだ」

「いや、ついこの前だろう」

「いいや、八年も前だ。だいいち、この五年間は差し止めだっただろうが」

「そういやあ、そうだった。悪かった。俺が耄碌(もうろく)した。そろそろ引き際かな」

仙蔵が太い指先でこめかみをかくと、一同が大笑いになった。松太郎も泣き笑いの顔になる。

喜兵衛も笑いながら思った。最初の旅で泣かなかった者など、ひとりもいないと。喜兵衛自身も泣いたものだった。

初めての旅は、甚七と同じく十四歳だった。大人の仲間入りができた誇らしさで、背中の荷物の重さも気にならず、意気揚々と富山の城下を出た。

しかし峠に差し掛かると足が遅れた。息が上がり、背中の荷物が肩に食い込む。だれも待ってはくれない。疲れ切って立ち止まると、たちまち、ひとり取り残される。

心細くて、たちまち家が恋しくなる。今頃、母が夕餉(ゆうげ)の支度にかかっているに違いない。このまま帰ってしまいたかった。

でも今、逃げ帰ったら、母に顔向けができない。いつもは優しい母を落胆させてしまう。それどころか叱責されて、家に入れてもらえないかもしれない。

気がつけば日が陰り始め、周囲の木々から梟(ふくろう)の声と、無数の羽音が聞こえてきて、今にも狼でも出そうだった。

怖くてたまらなくなって、泣きながら駆け出して、仲間の後を追った。

無我夢中で走っていくと、ようやく追いついた。大人たちは道端に腰を下ろして、のんびりと煙草を吸って休んでいた。

ひとりが立ち上がって、喜兵衛の背中を軽くたたいた。よく頑張ったなと褒めるかのように。

それからも何度も、泣きながら幾多の峠を越えた。

歩いても歩いても薩摩は遠かった。なぜ、こんな仕事をしなければならないのかと、生まれた家を恨んだ。

言葉に出して「頑張ったな」と褒めてもらえたのは、旅が終わって、ようやく富山に帰り着いたときだった。

大人たちは笑顔で言った。

「喜兵衛は、よくやった。行きこそ遅れて、何度も待ってやったが、帰りは、しっかり俺たちに着いてきた。次からは一人前の薬売りだな」

それを聞いて、また泣いた。

あのとき大人たちは、ただ煙草を吸って休んでいたのではなく、自分を待ってくれていたのだ。甘やかさないために、姿の見えないところで。

そう理解できたときに、改めて、ありがたみが身にしみた。

それに帰路は往路よりも楽だった。薬を家々に置いてきて、背中の荷が軽くなったせいだと思っていたが、たった一度の旅で、見違えるように足腰が鍛えられていたのだ。

自信が持てたのも、大人の仲間入りができたようで、嬉しくて泣いたものだった。

松太郎は、今度の薩摩までの行程で、すでに何度も何度も仲間たちから遅れた。そのたびに、すすり泣きつつも、なんとかついて来た。

まして出発が例年よりも遅く、山には積雪があった。雪に足を滑らせて、大泣きしたこともあった。挙句に薩摩の関所で止められたのだ。通してもらえないかもしれないと聞いて、山道でひとりになるよりも、はるかに恐ろしかったに違いない。

でも、それを仲間たちが励まして、笑い飛ばして、また旅を続ける。それが富山の薬売りだった。

喜兵衛は松太郎を振り返って、明るく言った。

「ここからは下り坂で、伊佐(いさ)の盆地に入る。それを突っ切って、あとひとつ山を越えたら、もう平らな道だ。そこからは桜島が見えるし、鹿児島はすぐだぞ」

松太郎は赤くなった鼻先を手の甲で拭い、少し恥ずかしそうにうなずいた。


ようやく松太郎が満面の笑みになったのは、桜島が見えたときだった。

「きれいな形の山だね。煙が出てるけど」

甚七が顎を上げて応じた。

「あの煙が曲者だ。街道だって歩きにくくてしょうがねえ」

街道は砂の道が延々と続いており、草鞋が砂に埋もれて歩きづらい。

松太郎は不思議そうに聞く。

「歩きにくいのと煙が、何か関わりがあるの？」

「この砂みてえのは砂じゃなくて、桜島から飛んでくる灰なのさ。年がら年中、降ってくるんだから、どうしようもねえ厄介もんだ。これのせいで、この土地じゃ、ろくに稲も育たねえ」

甚七は背中の荷物を、軽く背負い直して、また桜島を見た。

「まあ、桜島も形は悪くはねえが、やっぱり立山が日本一だな」

それは薬売りたちに共通する思いだった。あの白と青の織りなす山影は、富士山よりも美しいと、だれもが誇りにしている。

鹿児島の城下町に入ると、今度は、どこの店先にも灰が山盛りになっていた。往来の灰を、家々で掃き集めておくのだ。

そこに大八車を引いた男たちが近づいて、大きなちりとりにかき集め、次々と大八車の木枠の中に放り込む。

また甚七が松太郎に小声で教えた。

「ああやって、どこかに捨てにいくんだ。それも河原や土手なんかには捨てられねえ。川に流れ込んで川底が高くなれば、今度は大水が出る。この辺りで暮らすのは、厄介なことさ」

喜兵衛は一同を先導して城下町を進んだ。

往来を行き交う人々が、珍しそうに立ち止まって眺めたり、耳打ちしあったり、後をついてきたりもする。なぜか他国人だとわかるらしい。

一同は目指す越中屋に入った。屋号を染め抜いた暖簾が、軒下に連なる。

それを潜るなり、すぐに主人の木村与兵衛(きむらよへえ)が奥から出てきた。いかにも柔和そうな顔立ちで、それを、さらにほころばせて言う。

「よく来てくれました。待ってましたよ」

越中屋は、喜兵衛たちが来れば、いつも泊めてもらう大きな薬種店だ。

何代も前に富山から鹿児島城下に移り住み、よそものを嫌う土地柄の中で、苦労して町に馴染んだと聞いている。

木村与兵衛の指図で、奉公人たちが次々と、湯を張った足洗い桶を持ってくる。煙草盆や茶を運んでくる者もいる。

喜兵衛は上り框に腰掛けて、足首に食い込む草鞋の紐を小刀で切った。結び目が、きつく絡み合い、解くのは無理だった。

すり減った草鞋を脱ぎ捨てると、湯桶を引き寄せて両足をひたす。冷えた足に、ほどよいぬくもりが、じわじわと沁みてくる。何よりの馳走だった。

膝下まで湯をかけて汚れを落とし、手ぬぐいを使っていると、木村与兵衛が上り框に膝をついて、いっそう笑顔で話しかけてきた。

「お役人さまから、差し止めが解除になったと知らされて、いつ来るか、いつ来るかと待ってたんですよ。来てもらえて、ありがたい、ありがたい」

拝まんばかりに言う。

差し止めの間、越中屋は、薩摩藩から領内への薬の配備を命じられたが、ここの奉公人だけでは、とうていまわりきれない。

「人手が足りないところに、琉球渡りの薬種が、どんどん届いてしまう。もう、てんてこまいでしたよ」

薬を村々に届ける際にも、喜兵衛たちのような丁寧な接客ができず、得意先との信頼関係が築けない。そのために効き目も違ってくるという。

「まったく行く先々で、文句の言われ通しでしたよ。『あん富山の人の薬じゃなかと、効かんのじゃ』と。同じ薬種を使っているし、調合も変わらんと、いくら言い聞かせても信用しないし、信用しないで飲んだって、効きはしないんですよ」

効かなければ、藩から叱責を受ける。それで越中屋から薩摩藩に、何度も差し止め解除を願い出たという。

木村与兵衛は薩摩組一同に言う。

「足りない薬や、何か手伝えることがあったら、遠慮なく言ってください」

すでに琉球渡りの薬種は、約束通り、輸入原価で薩摩組の手に入っている。そのほかにも与兵衛は、藩から「万事、配慮してやれ」と命じられているという。

一同は越中屋の座敷や離れを借りて、荷をほどき、行く先ごとに薬をまとめ直す。

その夜は風呂に入って、長旅の疲れをいやした。翌日からは、おのおの担当する地方に分かれて、また旅立っていくのだ。

当初、松太郎の得意先には、喜兵衛と仙蔵とで半分ずつ同行することに決まっていた。

本来なら代替わりの際には、親が子を連れていき、得意先に紹介する。次からは息子がひとりで来ても、信用してもらえるように計らうのだ。

だが親の急死などで、それができないときには、仲間が親代わりについていく。今度の寅松から松太郎への代替わりも、同じ形式になる。

すると甚七も同行を申し出た。

「俺にも任せろ。いろんな売り込み方があることを、松太郎に見せてやりてえんだ」

薬売りは薬を置いてまわるだけではない。得意先を訪れる際には、それぞれが趣向を凝らす。

大男の仙蔵は相撲が得意だ。神社の境内などに村人たちを集め、力自慢を募って相撲を取る。たいがいは負け知らずだが、子供が出てくると、大袈裟に転がって笑わせ、喝采を浴びる。

甚七は芸達者で、役者の真似事や、口三味線で小唄などを披露する。そのために大坂や京都では、芝居小屋をはしごして、常に新しい芸を身につけていた。

喜兵衛の客たちは、しみじみとした人生論を聞きたがる。特に親鸞(しんらん)の話は歓迎されるが、薩摩藩内では浄土真宗は禁教であり、宗教的な法話はできない。

そのために喜兵衛の体験などを交えて、抹香くさくならないように気をつけながら話す。

それぞれのやり方で、まずは顧客との距離を縮めて、信頼関係を築くのが大事だった。

その結果として、薬も信用して飲んでもらうのが目指すところだ。そうなれば効き目も違ってくる。

喜兵衛は甚七の提案を受け入れて、寅松の懸場帳を場所ごとに三分割し、最初に自分が同行して、あとは仙蔵と甚七に分担してもらうことにした。

顧客は庄屋など、村々の有力者の家が多い。村で病人が出た場合は、庄屋の当主が置き薬を使って、簡単な医者代わりを努めるのだ。

寅松が使っていた懸場帳を頼りに、いざ訪ねてみると、どの家からも警戒された。

見知らぬ者を嫌う土地柄だけに、喜兵衛が代替わりした事情を話しても、かたくなだった。

「前ん人の薬じゃなかれば信用できん」

喜兵衛が薩摩弁まじりで説明した。

「薬を持ってきたのは息子じゃっどん、作ったのは、五年前までお邪魔しちょった父親です。安心して使いたもんせ」

ほとんど空だった薬箱を補充し、残っていたものは取り替えた。

五年間に使った代金は、今回は特別に棒引きにすると話すと「話が上手すぎる」と言って、いよいよ警戒する。

薬売りたちは、ちょっとした土産も持参する。名所旧跡の錦絵や美人画などが多いが、子供向けの簡単な玩具も持ってくる。

今回の玩具は、厚紙を丸く切り抜いた独楽（こま）だった。真ん中に小さな穴を開けてあり、そこに爪楊枝（つまようじ）を挿してまわす仕掛けだ。

家の子供たちは、他国人の客が珍しいものの、近づくのさえためらって、襖の陰から、こちらをうかがっている。

喜兵衛は松太郎に言った。

「あの子たちに、遊び方を教えてやりなさい」

松太郎は言われた通りに、独楽を持って子供たちに近づいたが、あっという間に逃げられてしまった。

肩を落として戻ってきた。仕方なく大人の前で、まわして見せたところ、意外なことに面白がってもらえた。

ほかの村でも似たり寄ったりの反応で、最初から歓迎してくれる家はなかった。

そんな中、一軒の農家で老人が言った。

「こん子は前ん売薬（ばいやく）どんの息子に間違いなか。寅松どんも初めて来やったころは、こげん可愛い顔じゃった。おいは、よう覚えちょっど」

客たちは薬売りを「売薬どん」と呼ぶ。薩摩弁が聞き取れない松太郎に、喜兵衛が訳してやった。

「ここのご隠居さんは、おまえの親父が初めて来たときを覚えているそうだ。おまえは、よく似ているから、親子だと保証してくれたぞ」

松太郎は、ようやく笑顔になった。


別の家に行くと、まだ若い当主が深刻な顔で聞いた。

「子どんが授かっ薬は、なかろうかい」

妻は三年前に嫁いできたが、まだ子が授からないという。

「嫁（か）して三年、子なきは去る」といって、結婚から三年しても妊娠しなければ離縁して、たがいに別の相手と再婚するのが常だ。

離縁を経験した妻が再縁する先は、すでに子供が何人もいて、妻に先立たれたような家が多い。そこで上手く妊娠すれば、わが子を抱けるし、妊娠しなくても、残された子供たちの母親になれる。

別れた夫が新たに嫁を迎えて、今度も妊娠しなければ、不妊の理由が男の側にあると想像がつく。そうなったら実子を諦めて、さっさと養子を迎えるのだ。

割合に離縁も再縁も頻繁に行われる。家を継承していくための手段だった。

だが喜兵衛と松太郎が訪ねた家の若夫婦は、特に仲がいいようで、夫は妻を離縁するのが忍びないという。

こんなときに備えて、喜兵衛は小袋入りの丸薬や粉薬のほかに、大袋の煎じ薬も携えている。

「そんなら、こん薬を煎じて、夜、寝る前に、夫婦で一緒に飲んでみたもんせ。必ず授かるとは約束できもはんが、これが効いたという夫婦は、今までに何組もおりもす」

それは体を温める薬だった。

「子が欲しいと焦るのも、あまりよくないと言いますから、ゆったいかまえたもんせ」

だが若当主は眉をしかめる。

「じゃっどん母が、せからしゅう言うで、女房が気に病んじょっど。母は自分が何人も男の子を産んだのが自慢じゃっで」

嫁としては姑が口うるさいので、たまらないらしい。

「そげんでしたか。こん薬は気を楽にする効き目もあっで、しばらく夫婦で飲んでみっとよかですよ」

そんなふうに話しているうちに、日が暮れてしまい、若夫婦が泊まっていけと勧めてくれた。

訪ねる村々には、どこも宿屋などあろうはずもなく、得意先の家に泊めてもらうのが常だ。

喜兵衛は信頼してもらえたのがありがたく、松太郎とふたりで申し出を受け入れた。

床に着く前に懸場帳を開いてみると、この家の項目には「当主が早世し、まだ子供の息子が跡を継いだため、しっかり者の母親が采配を振るっている」と、細かい文字で書かれている。

そんな家庭の些細なことでも、寅松は小まめに記載していた。

だが、さて寝ようという段になって、奥の部屋から激しい口論が聞こえてきた。見知らぬ薬売りを勝手に泊めたと、母親が息子と嫁をとがめているらしい。

喜兵衛は松太郎に小声で言った。

「たまには、こんなこともあるが、次に来るときには、薬の効き目がわかるし、きっと家族みんなに喜んで迎えてもらえるさ」

翌朝、出された飯を食べて、礼金を置いていこうとすると、若夫婦が遠慮した。

「そげんもんな受け取れもはん。そいよりも母が、あちこち痛かち言うて伏せっちょって、ちょっと話を聞いたもんせ。ここんところ、せからしかばっかりで、困っちょっど」

喜兵衛は、なるほどと合点した。老いて病気になった母親は、采配が振るえなくなって苛立ち、周囲が持て余しているらしい。

案内されて奥の部屋に行ってみると、痩せた老婆が床についていた。老婆は息子夫婦を手で追い払った。

「ふたりは出ていきやんせ。あたいは売薬どんと話がしたか」

喜兵衛と松太郎だけが残ると、老婆は力ない声で言った。

「一服で、けしん薬が欲しか」

一服で死ねる薬が欲しいという。こんなことを頼まれるのは珍しくはない。喜兵衛は落ち着いて聞き返した。

「ないごて、そげん薬が要るとですか」

「体中が痛かで寝たっきりになっちょって、もうないも役にも立ちもはん。息子夫婦には嫌わるっぱっかりじゃ。もう生きちょっ価値もなか」

起きられないほど、あちこちが痛いのなら、骨の病気かもしれず、先は長くはない。

「それなら痛みを和らげる薬を置いていきますから、我慢できないときには飲んでみたもんせ」

だが老婆は首を横に振った。

「値ん張る薬を、いくつも飲んわけにはいかんど。そいより、けしん薬を一服だけでよか」

「お孫さんの顔を見たくはなかですか」

「そりゃあ見たか。じゃっでん、早う、ほかん嫁をもれち、息子に言うちょっど。じゃっどん、だいも、あたいの言うことなんぞ聞かん」

「そげんでしたか」

喜兵衛は言葉を選びながら話した。

「昨日、ご夫婦に子ができやすくなる薬を渡しもしたから、できるかもしれません。それまで待てもはんか」

「うんにゃ、今さら、あの嫁に子が授かっはずがなか。それに役立たずの婆は、これ以上、長生きしたくなかど」

喜兵衛は、しばらく考えてから言った。

「しばらく前に、お坊さまから聞いた話があるのですが、聞いてもらえませんか」

老婆は返事をしないが、拒む様子もない。そこで長い話を始めた。

「ある大きなお寺に、徳の高いお坊さまがおりもした。お坊さまは、若い僧侶や小坊主たちのためを思って、厳しく育てもした。おかげで皆、立派に成長し、それぞれ別のお寺の住職として巣立っていきもした」

老婆は目をつぶった。寝てしまったのかもしれないが、喜兵衛は、かまわずに話を続けた。

「でも徳の高いお坊さまも、歳には勝てもはん。いつしか病に倒れ、若い僧侶たちの世話になりもした。そうなっても相変わらず厳しくしていたところ、すっかり嫌われてしまいもした。耄碌したという陰口も聞こえてきもす。嘆くお坊さまの夢枕に、あるとき仏さまが現れて仰せになりもした。『世話してくれる若い者たちに、まず感謝せよ』と。それから『近頃、どうだ？と聞いてやれ』と。老いたお坊さまが『急に、そんなふうに態度を変えたら、だれでも戸惑うでしょう』と反論すると、仏さまは仰せになりもした。『穏やかに聞き続ければ、いつか相手も心を開く。何か話し始めたら、決して頭ごなしに叱ってはいかん。自分の経験をひけらかしたり、自分の考えを押しつけてもいかん。そうか、そんなことがあったのかと、ただただ聞いてやるだけでよい』と。お坊さまは納得がいきもはん。『でも、それでは愚痴を聞くばかりで、進歩がありません』と、また反論すると、仏さまは『愚痴を聞いてやるうちに、本人が考える。どうすべきか自分で答えを出す。話を聞いてやって、その答えを待つのが、今のおまえの役目だ』と仰せになりもした。お坊さまは、なおも言い返しもした。『若い者の考えが至らぬゆえに、今まで口うるさくしてきました。それが無駄だと仰せですか』と。すると仏さまは微笑まれました。『無駄ではない。おまえが口うるさく育てたおかげで、自分で考えられるようになったはずだ。若い者たちを信じてやれ。まずは、そこからだ』と仰せになり、そこで、お坊さまの夢が覚めたそうです。以来、老いたお坊さまは、夢のお告げの通りにしたところ、若い僧侶たちに慕われるようになり、ふたたび尊敬も集め、心穏やかにお浄土に旅立たれたそうです」

喜兵衛は話を締めくくった。

「これで、私の話は終わりです」

すると老婆が目を開けた。下まぶたの際が、にじんで光っている。どうやら真剣に聞いてくれて、心を動かされたらしい。

喜兵衛は穏やかな口調で続けた。

「私は一服で死ねる薬など持っちょいもはんが、こげん話が、代わりになればと思いもす」

するると老婆は、やせて骨張った手を上掛けから出して、目尻を拭った。そして、しみじみと言った。

「そげん言うたら、前ん売薬どんは聞き上手やったな。滅多に会わん他人じゃっで、あたいも愚痴をこぼしやすかった。聞いてもらううちに、いろいろ自分で思いついて、妙に、すっきりしたもんじゃ」

老婆は、ようやく口元を緩めて、礼を言った。

「よか話を聞かせてもろうた。あいがてえ」

喜兵衛は、もういちど飲み薬を勧めたが、老婆は、さっきと同じことを言った。

「値ん張る薬を飲んわけにはいかんじゃ」

薬が安ければ、もっと早くから飲んで、これほど悪化する前に治せたかもしれない。そう思うと、五年間の差し止めが恨めしかった。

薬売りとしては病気を治したい。できることなら命を救いたい。

子供など腹下しで、あっけなく逝ってしまうことがある。それを一服の薬で助けられるなら、これほどの果報はない。

子供が元気になれば、本人だけでなく、親も兄弟姉妹も泣いて喜ぶ。そんな姿を見るのが、薬売りには何より嬉しい。

それに喜兵衛自身が子供のころ、何度も病気にかかっただけに、治って、また遊びまわれるようになったときの喜びは、他人事ではない。

でも命には限りがある。老いて病み、いつかは死は訪れる。ならば、せめて残った日々を、よりよく過ごしてもらいたい。

そのために薬や、自分の話が役に立つのなら、これもまた大きな喜びだった。

その家を最後に、喜兵衛は松太郎の同行を仙蔵に交代してもらい、自分の得意先をまわった。どこも五年ぶりの来訪を歓迎してくれた。

すべてまわり終えて、鹿児島城下の越中屋に戻ると、もう仙蔵も甚七も先に戻ってきていた。

ただ松太郎は元気がない。

「どうだった？　行商は」

喜兵衛が尋ねると、松太郎は黙っている。なかなか口が重く、何も聞き出せない。

薩摩組二十六人全員が集まるのを待って、帰路に着くことになった。

すると越中屋の木村与兵衛が、いつもの柔和な笑顔を収め、生真面目な様子で言った。

「調所さまのことですが、よそでは評判が悪いかもしれませんが、本当に国のためを思っておいでです。それも薩摩だけでなく、日本という国のことを考えていらっしゃる。先行きの読みも確かです」

今まで薩摩藩の重臣たちは、問題を先送りにするばかりで、責任には背を向け続けてきた。だからこそ借金が、五百万両にも膨れ上がってしまったのだ。

しかし調所は、藩の財政立て直しに命をかけており、自分が悪評をかぶってでも、借金に片をつけようとしているのだという。

「だから持ち船の件、調所さまを信用して、どうか力を貸してもらいたいのです」

世話になっている木村与兵衛に頼まれても、喜兵衛は即答はできなかった。

帰りの長旅で、松太郎が小さな背に大荷物を担いで、喜兵衛の脇を歩きながら、小声で言った。

「やっぱり俺には、薬売りは無理だと思う」

喜兵衛は聞き返した。

「自信がないか」

松太郎は小さくうなずいた。

「俺には、仙蔵さんみたいに相撲は取れないし、甚七さんみたいに芝居の真似もできない。喜兵衛さんみたいに、いい話なんか、もっと無理だ。お客さんに喜んでもらえることなんか、ひとつもない」

喜兵衛も歩きながら答えた。

「私も仙蔵さんも甚七も、最初からできたわけじゃない。何年もかかって喜んでもらえるようになったんだ。それまでの辛抱だ」

「でも俺には、何の取り柄もないし」

「死にたいと言ってた婆さんが、おまえの親父さんを褒めていたよな。聞き上手だって。話を聞いてやるだけでもいいんだぞ」

「でも俺みたいな子供に、大人が話なんかしやしないよ」

喜兵衛は、あの老婆に語り聞かせた話を、ふいに思い出した。

仏は「本人が考える。どうすべきか自分で答えを出す。話を聞いてやって、それを待つのが、今のおまえの役目だ」と言ったのだ。「自分の経験をひけらかしたり、自分の考えを押しつけてもならぬ」とも。

喜兵衛は励ましの言葉を呑み込んだ。

「おまえの人生だ。おまえが悔いのないように考えて決めればいい」

するとと松太郎は、また黙り込んでしまった。

帰路は日差しが暖かくなり、往路よりも、はるかに楽だった。

しかし松太郎は期待したほど足腰が強くならず、何度も何度も遅れた。

それを待っている間に、甚七が言った。

「喜兵衛さん、松太郎は駄目かもしれねえな」

「なんで、そう思う?」

「意気地がなさすぎる。俺が薩摩弁を教えてやるって言っても、うんでもなけりゃ、すんでもねえ。あの調子じゃ、次の行商にはついてこねえだろう」

「仙蔵さんは、どう思う?」

喜兵衛がたずねると、仙蔵も太い首を傾げた。

「育ててやりてえところだが、本人にやる気がなけりゃ、どうにもならん。手は器用そうだから、土産用の玩具を作る店にでも、奉公に入る方がいいかもしれんな」

「そうか」

喜兵衛としては諦められない。寅松は能登屋の番頭だし、息子を一人前の薬売りにしたがっている。その期待を無にはできない。

でも松太郎本人が別の道を選ぶのなら、それを翻(ひるがえ)すこともできない。

大坂の定宿に着いたときに、もしや薩摩藩の蔵屋敷から呼び出しがあるのではと、喜兵衛は身がまえた。しかし特に何事もなく、一行は大坂には一泊しただけで、京都を経て東に向かった。

琵琶湖沿いを進み、海沿いの若狭に出て、あとは北国街道を歩く。金沢の城下を過ぎて、倶利伽羅(くりから)峠を超えると、故郷の言葉が聞こえてくる。

薩摩までの往復に三ヶ月、向こうでの得意先まわりに通常は一ヶ月半。今回は五年ぶりのため、いつもより長く、まるまる二ヶ月も薩摩で過ごして、年も越した。

結局、富山を出たのが十月で、帰国は三月、都合五ヶ月の旅だった。

次の薩摩行きは秋だ。作物の収穫後、農家の懐が温かいうちに訪ねて、薬代を回収しなければならない。

九月半ばに薩摩入りするとなれば、八月初頭には、また富山を出発する。ほかの土地に出かけないとしても、家族と過ごせるのは五ヶ月だ。

行き先が遠いだけに、薩摩組は富山にいられる時期が特に短くて、よその組から気の毒がられる。でも、だからこそやりがいはある。自分が行かなければ、彼の地の病人は助けられない。人のためになる喜びは、どんな旅の苦労にも勝る。

喜兵衛は、それを松太郎に教えたかった。

だが旅の終わりまで、松太郎から「薬売りを続ける」という言葉は聞けずじまいだった。

とうとう富山の西の外れ、呉羽山(くれはやま)に至り、富山の城下を見渡した。男たちは万感の思いを込めて、つぶやいた。

「帰ってきたな」

「帰ってきた」

「帰ってきたぞ」

毎度のことながら、熱いものが胸に迫る。

甚七が大声で叫んだ。

「おっかあ、今から帰るからなあ」

いい歳をして母親を呼ぶのがおかしくて、だれもが笑った。

それでいて、その気持ちは痛いほどわかる。留守を守る妻や母や娘たちを思わない者はいない。

二十六人で先を争うようにして、呉羽山を駆け下り、神通川の舟橋を渡った。土手を登り切ったところで、喜兵衛は全員を集めて言った。

「これで今度の旅はしまいだ。つつがなく済んで何よりだった。次は秋の初めに、また集まって出かけよう」

解散を宣言すると、全員が頭を下げ、それぞれの店や自宅に散っていった。

土手で遊んでいた子供たちが、一行に気づいて騒ぎ出した。

「薩摩組だ。薩摩組が帰ってきた。店に知らせろ。まずは能登屋と宮嶋屋だッ」

子供たちは先触れを買って走っていく。

喜兵衛は微笑ましい思いで、松太郎を連れて店に向かった。

松太郎の住まいは、能登屋の裏手の二軒長屋だ。父親の寅松は、能登屋の店番をしているはずだった。

往来の先に店が見えたときに、ちょうど、さっきの子供が暖簾をくぐって、中に駆け込んだ。

入れ替わりに女房のお多賀と、松太郎の母親が、姉さんかぶりを外しながら飛び出してきた。

松太郎は駆け出した。わき目も降らずに母親に直進し、その胸に抱きつくなり、大声で泣き出した。

少し遅れて、寅松が杖をつきながら、不自由な足を引きずって現れた。

「馬鹿野郎。泣くんじゃねえ。もう子供じゃねえんだからな」

そういう寅松も洟をすすっている。そして店先に着いた喜兵衛に頭を下げた。

「旦那、ありがとうございました。さぞや迷惑をかけたでしょうが、こうして無事に帰ってきて」

そこまで言いかけて涙を拭った。

「意気地のない子だから、女房と心配してたんですよ。我慢できねえで、どこかで逃げたんじゃないか。もう帰ってこねえんじゃねえかって」

喜兵衛は微笑んで言った。

「松太郎は、よく頑張った。遅れることもあったが、よく頑張り通した」

寅松は手ぬぐいを目元に押し当てた。

主人と奉公人として付き合いは長いが、そんな姿を、喜兵衛は初めて見た。どれほど幼い息子を案じていたのかが推し測られる。

一方、松太郎は母に抱きついたまま泣き続けた。息子は息子で、それほどつらかったのだ。

お多賀は微笑んで夫を迎えた。

「あなた、おかえりなさいませ。ご無事で何よりでした」

別れている日々が長いからこそ、こうして家族との再会が嬉しい。それも薬売りの喜びのひとつだ。

末娘のお喜与は、また背が伸びて、少し娘らしくなっていた。それが満面の笑みで迎えてくれるのが、ことさら愛しい。

喜兵衛は店に入り、背中の荷物を降ろした。薬の香りが漂う。

鹿児島の越中屋でも、大坂道修町の大店でも、同じような匂いがあった。でも自分の店は微妙に異なる。ここにしかない懐かしい香りに満ちている。

喜兵衛は深く息を吸い、「家に帰ってきたのだな」と、心休まる思いがした。

松太郎が、ひとりで店を訪ねてきたのは、帰宅して三日めの晩だった。

喜兵衛の前で両手をついて頭を下げた。

「次の旅にも連れて行ってください」

「親父さんに言われたのか。そう挨拶してこいって」

喜兵衛は聞き返した。

松太郎は首を横に振った。

「親父には毎晩、うるさく言われたけど、今日、ここに来たのは、自分で決めた」

「そうか。なんで決めたんだ？」

「俺の帰りを、あれほど喜んだ親父に、次の旅には行かないとは言えない」

積極的に行く覚悟が定まったわけではなさそうだった。

「本当に行くんだな？」

念を押すと、ようやく松太郎はうなずいた。

「旅はつらかったけど、なんとか行って帰ってこれたし。本当は嫌だけど、またつらい思いをしても、親父を喜ばせたい。あんな怪我をして、親父だってつらいだろうし」

喜兵衛は、ふと思い出した。すっかり忘れていたが、そういえば、自分も二度めの旅は嫌だった。

それでも親や周囲の手前、行かないとは言い出せず、渋々ながらも出かけたのだ。

「わかった。八月には、また一緒に旅に出よう。頑張れよ」

ただし次の旅が終わるころには、調所広郷に船の件の返事をしなければならない。

踏ん切りがつかない反面、死ねる薬を欲しがった老婆の言葉が忘れられない。

「値ん張る薬を、いくつも飲んわけにはいかんど」

たいがい老人は、老い先短い身に高価な薬はもったいないと思いこみ、病気を悪化させて、かえって家族に迷惑をかけてしまう。

喜兵衛としては、もっと安く薬を提供したい。命を救えないのなら、痛みや苦しみを和らげる薬を、気軽に飲んでもらいたかった。

そうするためには、持ち船の件を了承すればいいだけだった。


あっというまに春が過ぎ、暑い盛りに、寅松が杖をつき、足を引きずりながら現れた。

「旦那、船の件、薩摩組でなくて、能登屋一軒で持つ話、改めて考えてみねえか」

喜兵衛は考え込んだ。そうしたい思いもあるが、今まで薩摩関係のことは、万事、薩摩組で結束してきた。だいいち能登屋だけで負うには、あまりに重い。

寅松は前のめりになって話す。

「俺たちが昆布を運ぶようになったら、薩摩藩は潤うし、たがいに持ちつ持たれつになって、今後いっさい、差し止めなんかできなくなる」

たしかに調所自身も、そう約束している。

「もう俺は、薬の行商は無理だが、船でなら蝦夷地でも薩摩でも琉球だって行ける。算盤勘定や帳面つけは得意だし、何かあったら、俺ひとりのせいにしていい。何の役にも立たずに、このまま歳をとって、死んでいくのは嫌なんだ」

寅松も長年、人の役に立つことを喜びにして生きてきた。だからこその切なる願いだった。

喜兵衛は熟考の末に、女房のお多賀と息子の兵蔵に、持ち船の件を打ち明けた。

「どうするかは、まだ決めかねている。でも薩摩組の意見がまとまらなければ、うちだけでやることも考えている。その覚悟は、しておいてくれ」

お多賀は色白の顔をうなずかせた。

「わかりました。大事なお役目ですから、決まったら、できるだけのことはしましょう」

だが兵蔵が二の足を踏んだ。

「薩摩組でやるならいいが、うちだけで、わざわざ危ない橋を渡ることは、ないんじゃないか」

喜兵衛は妻と息子を交互に見て答えた。

「できれば薩摩組みんなでとは思うが、とにかく覚悟はしておいてくれ」

ここのところ兵蔵は新規の顧客を求めて、薩摩以外の地方に行商に出ている。しかし、もし船を持つことになったら、喜兵衛は薩摩の懸場帳を息子に譲って、自分は船に専念しようと考えていた。


薩摩組が鹿児島に到着したのは、予定通り秋の収穫後で、白洲台地(しらすだいち)の白っぽい土が、あらわになって広がっていた。

薩摩藩領で米が作りにくいのは、保水力がない白洲台地が多いからだ。水が土に染み込んでしまい、水田にできない。

そのうえ台風の直撃を受けやすく、農家は米の代わりに、もっぱら芋や大豆を育てている。

松太郎の行商には、もういちど手分けして同行することにして、前回と同じく、まずは喜兵衛がついてまわった。

さすがに二度めとなると、迎える家の態度は和らいだ。薬の効き目もわかり、喜んで迎えてくれる家も少なくなかった。

薬の小袋には、症状の絵が木版刷りで描かれている。子供がしかめ面で腹を押さえている絵は下痢止めで、大人が頭を抱えている袋は頭痛止めだ。文字が読めなくても服用できるようにという配慮だった。

前回は警戒して近寄ってこなかった子供たちも、土産に置いていった独楽を持って、集まって来た。ぼろぼろになっていたが、自慢そうに、まわして見せる。すっかり上手になっており、置いていったときには、まったく遊ぶ気配がなかっただけに、松太郎も嬉しそうだ。

今回の土産は勇ましい武者絵だったが、そのほかに松太郎は自作の紙相撲を持参していた。京都や大坂なら紙相撲は、いくらでも売っているが、厚紙が高価なため、薬の土産にはできない。だが松太郎は不要になった小袋で、自作してきていた。

古い薬の小袋を二枚、裏表で張り合わせて、白地に力士の絵を描いてある。糊も釜の底の飯粒を集めて、煮溶かして作ってあった。

紙相撲は農家の子供たちに大受けした。薩摩弁が飛び交う。松太郎は、よくわからなくても、いつしか楽しそうにしていた。

その家を辞して、次へと向かいながら、喜兵衛は松太郎を褒めた。

「紙相撲、よく工夫したな」

「親父が、子供と仲よくしろって言ったんだ。いつか俺の客になってくれるからって」

たしかに薬売りと顧客の縁は、先々まで続く。

「おまえは手が器用だし、それを上手く生かしたな」

松太郎は褒められたのが、よほど嬉しかったのか、涙ぐんで何度も洟をすすった。

次の訪問先は、前回、死ねる薬を欲しがった老婆の家だった。庭先で声をかけると、若い女房が満面の笑みで出てきた。

「売薬どんのおかげで、やっと子どんができもした」

見れば下腹が、少しふっくらしていた。いかにも嬉しそうで、喜兵衛も松太郎も笑顔を見合わせた。

若い夫も現れて、しきりに照れながらも感謝する。

「あん薬が効いたんじゃ」

喜兵衛は気がかりを聞いてみた。

「お母さんのご病気は、どげんですか」

一瞬、笑顔が消え、うつむいて答えた。

「母は先月、けしんもした」

すぐに顔を上げた。

「じゃっどん、子どんができたことを喜んじょった。男でも女でもよかち言うて」

女房が不思議そうに言う。

「前は男を産め、男でなかればやっせんって、さんざん言うちょったんに、なんだか人が変わったようやった」

夫もうなずく。

「子どんこっだけでなって、あれから母は、せからしゅう言わんくなったし」

すっかり穏やかになったところに、嫁の妊娠を聞いて、泣いて喜んだという。

「あんとき、売薬どんの話が聞けて、よかこつじゃっと、何度も言うちょった」

死ぬ前には、全身の痛みが激しく、無理矢理、痛み止めを飲ませたところ、ずいぶん楽になったという。

「最後は、前ん売薬どんから教えてもろうた念仏を唱えて、安らかに逝きもした」

喜兵衛は仏壇に線香を上げさせてもらった。命こそ救えなかったが、穏やかな終末だったと知って、喜兵衛自身も救われる思いがした。

松太郎も神妙な顔で手を合わせ、その家を出てから言った。

「あのお婆さん、きっと極楽浄土に行かれたよね」

「そうだな」

「いつか俺も、お客さんに、いい話を聞かせられるようになりたい」

「なれるさ」

「そうかな」

まだ自信なさげではあるものの、これから先も薬売りを続ける気にはなったのだなと、喜兵衛は安堵した。

こうして松太郎も生きていく。重い荷を背負って人を助け、自分も助けられながら。

四章　家老の野心

ひととおり行商がすんで、鹿児島城下の越中屋に戻ると、主人の木村与兵衛が言った。

「揃い次第、皆で登城せよと、ご家老さまからのお達しがありました」

いよいよ船の件の返答を、調所から迫られるに違いなかった。

だが、いまだ薩摩組の意見はまとまっていない。能登屋一軒でもと提案しても、それさえも反対される。

喜兵衛は仲間たちに言った。

「いずれにせよ、全員で調所さまにお目通りできる好機だ。信用できるかどうか、皆で確かめよう」

そうして全員で登城すると、城内の広間に通された。

すでに秋が深まり、広間の中央には火鉢が据えられて、鉄瓶が、ゆらゆらと湯気を上げていた。

二十六人が下座に着くと、まもなく前触れが告げられた。

「ご家老さまが、お出ましになる。皆々、控えよ」

喜兵衛たちは、いっせいに平伏した。さすがに城内では、大坂の蔵屋敷のように気軽にはできない。

すぐに上座に人が現れる気配がして、そこから声がかかった。

「面(おもて)を上げよ」

喜兵衛たちが上半身を起こすと、調所広郷が上座に座っていた。前と変わらず優男で、女性的な雰囲気だ。

「よく来た。能登屋と宮嶋屋は久しぶりだな」

童顔をほころばせ、すぐに本題に入った。

「持ち船の件、承知いたすか」

喜兵衛が、かしこまって答えた。

「まだ決めかねております。皆でご家老さまに直に、お話をうかがってからと存じまして」

「なるほど。信用できるかどうか、顔を見てからというわけだな」

図星だったが、喜兵衛は否定も肯定もしなかった。

調所は控えの間の方に声をかけた。

「あれを持て」

若い侍が大きな角盆を掲げて現れると、調所は立ち上がった。

そのまま大股でこちらに近づいてきて、喜兵衛の目の前で、ひょいと座った。以前の気軽さが戻っていた。

若侍が角盆をかたわらに置くなり、調所は大きく手招きした。

「後ろに座っている者どもは、わしの背後にまわれ」

初対面の者たちは怪訝顔を見合わせている。大藩の家老と、他藩の商人たちが上下の区別なく着座するなど、許されるのかと不安なのだ。

「遠慮するな。見せたいものがあるゆえ、近う寄れ」

何度も手招きされて、ようやく調所を取り囲むようにして座った。

調所は角盆を引き寄せた。見たこともない道具が、いくつも載っている。

「これらは、わが殿から、お借りしてきたオランダ渡りの品々だ」

仲間の中には、異国の品物と聞いて、腰が引ける者もいる。

だが調所はかまうことなく、台のついた球体を示した。

「これは地球儀と申す。この小さいのが日本。このあたりが江戸で、こっちが鹿児島。富山は、この辺であろう」

薬売りは諸国に旅に出るために、できるだけ正確な日本地図を持っている。それと比較すると、日本全体が、とてつもなく小さいが、おおむね形は合っていた。

ただ世界が球体という点が呑み込めない。

「地面が丸いと仰せですか」

喜兵衛が遠慮がちに聞くと、調所は当然とばかりに答えた。

「西洋では、それが常識だ。われらが住んでいる、この土地は空の星のひとつで、巨大な球体だそうだ」

調所は地球儀をくるりと回転させた。

「ここが清国で、ここが天竺(てんじく)。この遠くて小さい国がオランダだ。オランダ人は船で地球を半周ほどして、はるばる長崎まで、オランダの品物を売りに来る」

それから別の道具を、どんどん手に取って説明し始めた。

「これがオランダ製の時計だ。こちらは羅針盤(らしんばん)で、針が北と南を示す。これは六分儀(ろくぶんぎ)と申して、太陽や月や星の高さを測る道具だ。詳しくはわからぬが、陸の見えない大海原でも、この三つがあれば、自分たちの船が地球上の、どこにいるかを把握できるそうだ」

蘭癖大名ならではの道具揃えだった。

「わしは殿のお供で、長崎の出島を訪れたことがある。そのときにオランダ人に聞いてみた。いくら道具があるとはいえ、危険な航海だろうし、なぜ、そこまでして遠い日本に来るのかと。すると彼らは申した。もちろん自分たちが稼いで、家族を養うためだが、それ以前に、小国であるオランダに富をもたらすためでもあるという。それを聞いて、私は感心した。オランダの商人であろうと、薩摩の侍であろうと、自分の国を思う気持ちに、変わりはないのだなと」

調所は、ふいに頬をゆるめた。

「そなたらも同じだ。長い旅に耐えて、日本中、どこにでも行くのは、国許のため、家族のためであろう」

そのとき火鉢の鉄瓶の湯が、しゅうしゅうと音を立てて沸き始めた。

見れば、角盆を持ってきた若侍が、炭火を寄せて、わざと火の勢いを盛んにしている。湯気が吹き上がって、鉄瓶のふたが持ち上がっても、火を弱めようとしない。

それを見て調所が言った。

「不思議に思わぬか。何故に鉄瓶の重いふたが、湯気のような心許ないもので、あのように押し上げられるのか」

突然の問いに、喜兵衛はもちろん、全員が、いよいよ訳がわからないという顔をした。

一方、調所は訳知り顔で言う。

「水が湯気になると、かさが何十倍、何百倍にも膨れるらしい。それが鉄瓶の中でいっぱいになり、外に吹き出す力で、ふたが持ち上がる。この力を利用して、西洋人たちは船を動かすそうだ」

風がなくても人が漕がなくても、動く船があるという。

「西洋人は蒸気の力を、船だけでなく、機織りにも利用する。これが湯気の力で織った反物だ」

それは毛織物だった。雨にぬれても染みにくいために、戦国のころから輸入されて、大名の陣羽織などに使われてきた。

「人が織る何十倍、何百倍も早く織り上げる。手間もかからぬし、大量にできる。今はオランダ船しか持ってこぬために高価だが、そのうち西洋のほかの国々も売り込みに来るだろう。さすれば、もっとずっと安くなる」

それまで黙っていた仙蔵が、太い首を傾げて言った。

「どうも、よくわからないことばかりですが、毛織物など、どれほど安くなろうと、買う者はおりますまい。陣羽織をお召しになるのは、お大名だけでございましょう」

調所は首を横に振った。

「いや、安ければ、そなたらも買うはずだ。暖かくて、ぬれにくいのだから、冬場の長旅には重宝するぞ」

また火鉢の鉄瓶を見た。

「それに西洋には、日本とは比べものにならぬほど、威力のある大砲もある。そんな大砲と蒸気じかけの船で、無理矢理、買えと脅されたら、従わざるを得ぬ。鉄砲や蒸気じかけの船そのものも買わねば、いずれ国を侵されるであろう」

もういちど調所は地球儀をまわした。

「この青い部分が大海原だ。本来、海に関所はない。今は幕府が利益を独占するために、外国船の受け入れは長崎に限っているが、それは不自然なことだ」

だから長崎や大坂や江戸に、富が集中してしまう。それを分散すべきだという。

「いずれは世界中の商人が、日本中の港を目指して来る。そなたらが諸国に出かけて、薬を売るのと同じように。商人が主役の新しい時代が来る。薩摩は、その先駆けになるつもりだ」

調所は一同を見まわして言った。

「そなたらには、その手伝いをしてもらいたい」

喜兵衛も仲間たちを見まわすと、だれもが戸惑い顔だった。仙蔵が言った通り、よくわからないことばかりなのだ。

調所は、もういちど口を開いた。

「ともあれ、そなたらが船で昆布を運んでくれれば、安く薬種が手に入る。われらが家中も、薩摩の領民どもも助かる。もちろん、そなたらにも、清国の者どもにさえも利がある。そこを心得てもらいたい」

喜兵衛には理想論に思えた。だからこそ反論しにくいが、仲間たちが納得したとは、とうてい思えない。

ここは仲間の代弁をすべきだと判断して、言った。

「されど、ご政道に反することは、やはり承りかねます」

幕府が禁じる密貿易に、薩摩組がこぞって手を染めるのには抵抗がある。

すると調所は、そんな反応を予想していたかのように、自信ありげに答えた。

「確かに幕府の禁令には反する。だが、これは悪事ではない。まぎれもなく人助けだ。困るのは幕府のみ。それも利を独り占めできなくなるからだ。利益の独占こそが悪事なのだ」

そして驚くべきことを言い放った。

「今のままでは、いずれ幕府は倒れる」

幕府が永遠でないことは、鎌倉幕府や室町幕府のように前例はある。それでも、もう二百三十年も続いている江戸幕府が倒れるなどということは、とても考えられない。口にするのさえ、はばかられる。

だが調所は熱く語り続けた。

「侍の収入は米だ。侍は百姓に頼って生きている。だから商人を重んじようとすると、侍たちは反発する。そして商人をさげすもうとする。愚かなことだ」

いっそう言葉に力を込めた。

「世の中は大きく変わらねばならぬ。商取引を重んじて、外国に負けぬ力をつけるのだ。薩摩藩は、その先駆けになる」

喜兵衛は、調所の幕政批判に恐れ入りつつも、商人を重んじる姿勢には共感した。そこまで調所が独自の見解を持っていることも、評価したかった。

もう一度、仲間たちを見まわしたが、意見は出そうにない。ここは、いったん引くことにした。

「ともあれ、今いちど皆で相談して、お返事させていただきます」

「わかった。ならば明日」

調所は言葉に力を込めた。

「やらないという返事は聞きたくない。よいな」

また強引さが現れた。


越中屋に戻るなり、大論争になった。大方(おおかた)は「抜け荷などに手を染めるべきではない」という。

甚七が不満顔で言い立てる。

「鹿児島まで呼び寄せておいて、いい返事を迫るなど、やり方が汚い。断ったら、俺たちは薩摩飛脚にされるぞ」

幕府は密貿易の証拠をつかむために、今まで何人もの隠密を送り込んできたが、ひとりも戻らない。

そのまま闇に葬られて、行ったきり帰ってこない使者を、薩摩飛脚と呼ぶ。

　仙蔵も同調した。

「確かに、このまま消されて、富山に戻れなくなるかもしれん」

　だが喜兵衛は否定した。

「いや、今回の件は、もともと富山と薩摩の殿さま同士の話から、われらに伝えられた。そんな立場で来た者を消すなど、ありえない」

　だが反対は頑強だった。

「それにしても納得がいかん。地面が丸いだの、蒸気じかけの船だの何だのと、訳のわからん話で、俺たちを煙に巻いて。あんなのは、まやかしだ」

「いや、あれは抜け荷が悪事ではないという説明だ」

　すると大声が、あちこちから飛んできた。

「喜兵衛さんは、あんな野心家に味方するのかッ」

「騙されてるぞッ」

「目を覚ませッ」

「利用されるだけだぞッ」

　さすがに腹が立ってきた。

「そんなに気に入らないのなら、みんなは手を引いてかまわん。能登屋一軒で引き受ける。薬種が手に入ったら、薩摩組で分配すればいい」

　甚七が信じがたいという顔で聞いた。

「喜兵衛さん、本気かよ」

「本気だ」

「なんで、そこまで肩入れするんだ？　あんな胡散くさい家老に」

喜兵衛は少し考えてから答えた。

「これからも、ずっと差し止めなく、薩摩組の行商を続けたい。それに」

「それに？」

「薩摩藩が商人の時代の先駆けになるという、調所さまの覚悟に感じ入った」

地球儀を始め、蒸気じかけで動く船や機織り機というのは想像しにくい。しかし薬売りが諸国に出かけるのと同じように、いつかは世界中から商人が来るという点には、説得力があった。

喜兵衛は力強く言った。

「この件は、薩摩組で引き受けるか、能登屋だけで引き受けるか、ふたつにひとつだ。ここまできて断るという選択肢は、もうない」

甚七が、なおも言い立てる。

「いや、最初は、まずは差し止め解除という話で、そこまで切羽詰まってなかったはずだ。それが、いつの間にか断れなくなるなんて、やっぱり罠じゃないか」

「そうだな、罠だったかもしれん。でも調所さまは悪評を浴びても、意思を通そうとしておいでだ。卑怯と言われようと、痛くも痒くもないだろう」

「なんだって？　そんな卑怯なやつを信用するのかッ」

喜兵衛は、もういちど考えてから、きっぱりと答えた。

「する」

仲間たちがどよめいた。

喜兵衛自身、意外な気がした。自分は、ついさっきまで迷っていたのに、言い合いをしているうちに、不思議に覚悟が定まったのだ。

世界が球体だとか蒸気を動力にするとかは、まだ納得できてはいない。

しかし今まで日本のあちこちを旅してきて、驚嘆することや、それまでの思い込みが覆されることは、いくらでもあった。遠い西洋に、まやかしに思えることが現実にあっても、おかしくはない。

どよめきが収まると、それまで黙っていた松太郎が、突然、立ち上がり、少年特有の甲高い声で言った。

「昆布の買い付けを、親父がやりたがってる。どうか、やらせてやってくれ」

普段は引っ込み思案なのに、顔を赤くして訴える。

寅松がそう望むのは、旅ができなくなったせいだと、聞かなくてもわかる。仲間だったからこそ、その気持ちが理解できた。

もう反論は出ず、喜兵衛は全員を見渡して言った。

「ならば、能登屋一軒で引き受けることにする。いいな。もしも幕府に発覚するようなことになったら、皆は知らなかったで通してくれ。責任は私が負う」

そうなれば、おそらくは命を捨てることになる。それでも、やるしかないと確信した。

なおも甚七が食い下がった。

「そんなことでいいのかよ。薩摩組は一体じゃねえのか」

だが今度は、だれも同調しない。甚七の言い分は理解しつつも、危ないことには踏み出せないのだ。

舌打ちする甚七に向かって、喜兵衛は穏やかに言った。

「甚七、すまんな。でも案ずることはない。ただ、この話は、ここだけの秘密にしてくれ」

甚七が即答した。

「もちろんだ。家の者にも話さねえ」

ほかの者たちも大きくうなずく。

喜兵衛は背筋を伸ばした。

「明日は私ひとりで、お城にうかがってくる。みんなは待っていてくれ」

すると松太郎がすがるように言った。

「俺も連れてってくれよ。どうなったかを、親父に伝えたいんだ」

「わかった。一緒に来い」


昨日と同じ座敷で、喜兵衛と並んで松太郎が座った。

調所が現れたが、怪訝顔でふたりを見た。

「ほかの者は、どうした?」

「越中屋で待っております」

「で、返事は?」

喜兵衛は両手を前について答えた。

「残念ながら薩摩組として、お引き受けすることはできませんが、能登屋一軒で船を持ちたいと存じます」

喜兵衛が顔を上げると、調所は厳しい顔で聞いた。

「ほかの者たちから、話が漏れはしまいな」

「ご案じめされますな。富山の者は生来、口が硬うございます」

「そうか」

ようやく納得顔に変わった。

「ならば、すぐに船の建造費を下そう。富山の船大工に頼むがいい」

「ありがとうございます」

「蝦夷地で昆布が採れるのは春から夏で、乾物になり次第、俵詰めされる。その時期に買いつけに行け。まずは一万斤。目立たぬように、薩摩まで運んでもらいたい。最初の納入は来年の秋だ。よいな?」

「承知いたしました」

「もうひとつ頼みがある。近う寄れ」

手招きされて、喜兵衛が前に進み出ると、調所は声をひそめた。

「毒薬を用意してもらいたい。一服で確実に死ねる量を頼む」

喜兵衛は眉をひそめた。

以前にも農家の老婆から頼まれたが、調所は真剣な眼差しで、さらに声を低めた。

「もしも、この件が幕府に発覚したら、すぐさま飲むつもりだ。何もかも私が背負って、何も語らず、あの世に行く。ほかのだれにも迷惑はかけぬ」

さすがに喜兵衛は驚いた。そこまでの覚悟とは、思い至らなかった。

「そなたらは知らぬ存ぜぬで通せ。調所に騙されたと申し開きしてもよい」

昆布は、薩摩藩内と琉球で消費するものだと聞かされており、密貿易など露も知らなかったと、突っぱねろと言う。

「証拠になるような文書は、いっさい書かぬ。用があれば書状ではなく、人をやって口伝えで知らせる。それでも何かあったら、すべては私の腹の中に収めて、あの世に持っていく。そなたらは、とにかく薩摩の悪家老の仕業にしてしまえ」

武士は何よりも名誉を重んじる。自害するとしたら、普通は名誉を守るためだ。だが調所は、あえて不名誉をこうむるために、命を捧げるという。そこまでの覚悟で、今度の藩政改革に立ち向かっていた。

だが反面、かすかな疑惑も捨て切れない。毒が欲しいというのは、喜兵衛を信用させるための手段かもしれなかった。

だいいち、いくら大藩の家老が自害しても、知らぬ存ぜぬで通せるほど、幕府は甘くない。でも、その時は喜兵衛自身が罪をかぶればいいいと、覚悟を決めた。

とにかく持ち船の話には、もう乗ったのだ。毒薬の提供も承諾するしかない。

「かしこまりました。必ずや一服で効果のある薬を、お渡し致しましょう」

調所は頬をゆるめた。

「受け取ったら、常に肌身離さず持ち歩く。いつ、どこでも飲めるように」

喜兵衛は身の引き締まる思いがした。調所が命をかけるつもりならば、自分にも同じ覚悟が必要だと、改めて自覚した。

狭い船室は新しい木の香りに満ちていた。天井近くには、これもまた真新しい神棚が設けられている。

その下で神主が、お祓いの大麻(おおぬさ)を左右に振った。真っ白い紙の束が、シャッシャッと音を立てて大きく揺れる。

「かしこみ、かしこみ」

神主の声に合わせて、喜兵衛は寅松や船乗りたちと一緒に頭（こうべ）を垂れた。

長い祝詞（のりと）が終わり、ひとりずつ神棚に向かって榊（さかき）を捧げる。それで初航海の祈願は終わり、全員で甲板に出た。

船室の薄暗さから一転、初夏の陽光がまぶしい。

甲板や船縁には、大勢の船大工たちが居並んで待ちかまえていた。

「よおッ、待ってました。船主さまッ、能登屋さまッ」

芝居がかった掛け声を受け、喜兵衛は白地に「越中富山長者丸」と墨書した幟旗（のぼりばた）を、新造船の船尾に力強く立てた。

「よおッ、長者丸ッ、日本一ッ」

また大歓声とともに口笛が響き、拍手がわき、激しく足も踏み鳴らされる。

調所広郷によって無理やり持たせられた船ではあるが、完成して引き渡されると、いよいよ船主になったという喜びが、喜兵衛の心に湧く。

寅松も杖を突きながら、晴れがましい顔で立っていた。

喜兵衛は一斗樽に近づき、木槌をつかんで鏡開きをした。見事に丸い木蓋が割れて、また歓声が上がった。

飯炊役（かしき）の水主（かこ）が柄杓で酒を汲み、次々と枡を満たした。あちこちから手が伸びて、あれよという間に枡はなくなっていく。

全員の手に行き渡ったのを見極めてから、喜兵衛も枡をつかんで声を張った。

「では、長者丸の末長い無事を祈って、乾杯ッ」

全員が枡を掲げて唱和する。

「乾杯ッ」

皆、一気に呑み干して、一斗樽のまわりに集まってきた。飯炊が手際よく二杯めを注ぐ。

あれから喜兵衛は、薩摩藩から低利の金を受け取り、六百五十石船の建造に取りかかった。

神通川河口が富山の港であり、その一角に岩瀬という造船場がある。わずかな傾斜のある砂利の浜に、コロを並べて、その上で船の外壁を組み立てていく。

外側の船形ができたら進水させ、水に浮かんだ状態で、帆柱を立てて内壁を張り、内装を造作する。

六百石もの大型船には、どこの港にも接岸できる桟橋はない。ひとたび進水したら、廃船になるまで沖泊まりとなる。荷上げや人の乗り降りには、小型の艀舟が船着場との間を行き来する。

本来、北前船は大坂を母港とし、京都の呉服や京焼などの製品を満載して、春先に船出する。

その後は瀬戸内を西進し、各地に寄港しながら、積み荷の一部を売っては、寄港地近辺の特産物を買い入れる。蚊帳や藺草など、さまざまな品物を扱う。

そうして下関を経て、関門海峡から外海に出る。そこからは石見や出雲の北辺を、東に進む。

やはり寄港するたびに、品物の売買を繰り返しながら、北へと向かうのだ。風待ちもするため、船足はゆっくりで、蝦夷地に着くのは夏になる。

蝦夷地南部の箱館か江差に入港すると、そこで残った積荷を売りさばき、夏に収穫されて乾物になった昆布を、大量に積み込むのだ。

蝦夷地からの出航は秋口になる。北上してきた航路を、逆に南下しつつ、途中で酒田や新潟など米どころの港に寄って、採れたばかりの新米を積み込む。

下関まで至って昆布を降ろし、また瀬戸内海に入って、北国の米を大坂まで運ぶ。

一方、下関で降ろされた昆布は、別船に載せ替えられて、長崎へと運ばれ、輸出品として唐船が買い取るのだ。

春先に大坂を出た北前船が、また大坂に戻ってくるのが晩秋から冬になる。航海中、荷を空にすることなく、一往復で一年分を稼ぐ。

そのため船頭には商才が求められる。海や船の知識を持たない生粋の商人が乗り込んで、船頭を名乗ることも珍しくない。

操船や天候予測の責任者は船親司（ふなおやじ）といい、船乗りが務める。船頭と船親司の役割分担が、はっきりしていた。

長者丸の初航海は、喜兵衛が船主で、寅松が船頭、そして船親司には八左衛門という男を据えた。八左衛門は富山人だが、もう何年も北前船に乗り込んでおり、経験が豊富だった。配下の水主は、八左衛門が周知の若手を集めた。全員が富山人で、揃って口が固い。

それが今は皆が笑顔で、初航海の祝い酒を口にしていた。一斗樽が空になると、いよいよ出発だった。

港の小舟が集まってきて、長者丸の舳先に繋いだ太綱を、それぞれの船尾に結ぶ。長者丸が錨を抜くなり、いっせいに小舟が漕ぎ出した。

大型船は細かい動きが得意ではない。そのため港を出るまでは、手漕ぎ舟の助けが必要だった。

神通川河口の港から、富山湾まで引き出されるなり、船親司が水主たちに、帆を張るように指示を出した。

長者丸の船体中央には一本帆柱がそびえ、帆桁が垂直に交差している。その両端につなげた麻綱を、帆柱頂上の滑車を通して引く。

するすると帆桁とともに、白い一枚帆が、するするすると上がっていく。

上がった当初は、ばたばたと暴れる帆が、帆桁の角度を調節して帆裏で風を捉えると、一瞬で弓形になる。

小舟は、それを見極めるなり、太綱を外して、舳先から離れていく。たちまち長者丸は富山湾の只中へと進み始めた。

八左衛門が大声で告げる。

「さあ、今日は風向きがいいから、一気に七尾まで行くぞッ」

「おうッ」

水主たちは片方の拳を突き上げて応じた。


そのまま能登半島の東岸を北上して、まずは七尾の入江に進んだ。輪島にもっとも近い良港だ。

喜兵衛と寅松は八左衛門の助言を受けて、七尾で輪島産の塗器を大量に買い入れた。

その後は新潟、酒田と沿岸を進んだ。寄港するたびに漆器は高値で売れていく。

最終目的地の箱館に上陸すると、残りも完売した。薬も大量に持っていったが、これも飛ぶように売れた。

箱館は出船入船の数が多く、ほかの港よりも、はるかに賑わっていた。

箱館山の麓に広がる町並みは、銀鼠色の瓦屋根が連なり、いかにも豊かな暮らしぶりだった。

蝦夷地は夏に気温が上がらず、稲作ができない。その代わり、昆布などの海産物による収入が年貢になる。

箱館や松前や江差など蝦夷地南部は、松前藩が直接、治めているが、蝦夷地全体に支配が及んでいるわけではない。広大な土地であり、いちいち藩の役人を赴任させられない。

そのため蝦夷地を分割し、それぞれの場所に商人をおもむかせて、昆布の取りまとめを請け負わせていた。

それも海岸沿いだけであり、内陸深くは手つかずに近かった。

商人の役割が大きいため、箱館では地位も高いようで、武家と商人の見分けがつかない。口調も、おおむね対等だった。

さらに喜兵衛が驚いたのが蝦夷錦だ。京都の西陣織よりも豪華な錦織で、いかにも唐風な柄が織り込まれている。

それが奇妙な筒袖形の着物に仕立てられていた。清国の北京という都で、貴族たちが着る宮廷服だった。

はるか北京から、清国の北方で暮らす人々の手に渡り、さらに北の海を越えて、物々交換でアイヌの村までもたらされるという。

アイヌ語で村をコタンと呼ぶ。蝦夷錦は昆布などと同様に、場所を請け負う商人の船で、各地のコタンから箱館へと運ばれてきていた。

そこで縫い目が解かれ、煙草入れなどの小物に仕立て直されて、江戸へと送られる。龍や鳳凰（ほうおう）などの独特な絵柄が、江戸の豪商たちに珍重され、高値で売れるという。

アイヌは交易の民だし、松前藩自体も商取引で生きている。喜兵衛は調所広郷が思い描く社会は、これかもしれないと思った。

喜兵衛はアイヌ語を話せる男を雇い、箱館に近いコタンまで案内してもらった。美しい蝦夷錦を扱う人々に、会ってみたかったのだ。

寅松は本当は一緒に行きたそうだったが、徒歩の旅では、どうしても足手まといになる。遠慮して、箱館で待つことになった。

喜兵衛は案内人とともに内陸に入り、山を越えて大きな湾沿いに出た。そこから舟に乗ったり、歩いたりで、浜辺から川沿いに、少しさかのぼった。

すると森の中に、茅葺（かやぶき）の家が数件ずつ寄り添うように建っていた。それがコタンであり、あちこちに点在している。

だが箱館の豊かさとは一転、貧しい暮らしぶりだった。でも喜兵衛は、貧しさそのものに驚いたわけではない。

薬売りは全国を歩いており、気の毒なほど貧しい村など、いくらでも見ている。垢だらけ、泥だらけ、皮膚病だらけの子供たちが、裸で走りまわっていたりする村も、諸国にはいくらでもある。

言葉が通じないのも、どこの田舎でもありがちなことだ。ただ喜兵衛にとって驚きは、豪華な蝦夷錦との落差だった。

それに案内した男が、何かとアイヌを軽んじるのも衝撃だった。喜兵衛が信心する浄土真宗では、人を平等とみなす。それだけに違和感を覚えた。

不思議なことに、村には老人と女と子供しかいなかった。働き盛りの男たちの姿が皆無なのだ。

なぜなのかと聞くと、案内人は肩をすくめた。

「この辺の海じゃ、昆布を採りつくして、もう何年も不漁でね。夏の間、男たちを千島（ちしま）というところまで連れていって、そっちで採らせてるんですよ」

千島は蝦夷地の東に連なる列島で、そうとう遠く、夏の間中、家族は離れ離れだという。

アイヌの家はチセといって、白髭の老人が中に迎えてくれた。老人はコタンの長老だった。手の込んだ縫い取りのある独特な服を着ている。

家の棚には、手作りらしい素朴な生活用具が並ぶ。そんな中で赤い漆器が目立った。

案内人の話によると、アイヌの人々は塗物の技術を持たない。鋳物師や鍛冶屋など、金属加工の職人もいない。だから漆器や刃物や鍋釜は、大量の昆布と引き換えに、場所を請け負う商人から手に入れるのだという。

輪島で仕入れた漆器が、箱館で飛ぶように売れた理由を、喜兵衛は理解した。場所請負人たちが、コタンに持ち込んで昆布と交換するのだ。

喜兵衛は、いつも持って歩いている熱さましと腹痛の薬を、手土産がわりに置いていくことにした。薬袋には置き薬と同じように、発熱で寝込む姿や、腹を抱えて眉をしかめる絵が描いてある。

案内人がアイヌ語で少し説明すると、白髭の老人は眉を上げ、かなり喜んだ様子で受け取った。

だが家から出るなり、案内人が舌打ちをした。

「能登屋さん、もったいないですよ。薬なんか、ただでやっちゃ」

「でも手土産ですから」

「納めさせる昆布の量を、もっと増やせたのに。ここじゃ昆布が金の代わりなんですから」

いまいましげに言う。

「やつらは、ちょっとした風邪くらいで、ばたばた倒れるんですよ。でも死なれたら、働く人数が減るんで、こっちも困るんですけどね」

和人が疫病を持ち込むと、あっという間に広まり、今や人口が減っているという。

「能登屋さん、次に箱館に来るときには、なんか薬を持ってきてくれませんかね。安いのでいいんですけどね。安いので」

　薬を持ってくるのは簡単だし、必要とされているのは確かだった。しかし、そのために昆布の納入量を増やされるのは、気の毒な気がした。

　ふと不思議に思って、案内人に聞いた。

「蝦夷錦も昆布と引き換えで、手に入れるんですか」

「いやいや、人を差し出すんですよ。昆布は、蝦夷錦を持ってくるやつらのところでも採れるし、ほかに価値のあるものなんかないんでね。根性の悪い若いやつとか、気の弱いやつなんかを、追っ払いがてら、働き手として連れていかせるんです」

　いわば人身売買だった。

　奥州などで冷夏のために凶作が続くと、年頃の娘が売られることはある。しかし、それは家族が飢えて死ぬようなときだ。

　いくら蝦夷錦が高価であろうとも、たかが着物一枚のために、若者が売られるというのは、喜兵衛には、やりきれない思いがした。

　もうひとつ疑問を口にした。

「それにしてもアイヌの人たちは、ずいぶん従順なんですね」

　案内人はせせら笑った。

「何度か大きな反乱も、あったらしいんですけどね。やつらは刀も槍も作れませんからね。武器らしいものって言えば、毒矢くらいだし」

　和人との武力の差により、従わざるをえなくなったという。

「でも最近は、ロシア人が入り込んできて、鉄砲を与えて、和人に刃向かうように、そそのかしたりもするんで、うかうかしてられないんですよ」

　こんなところにも西洋人が手を伸ばしているとは、喜兵衛には新たな驚きだった。

　複雑な思いを抱えつつも、喜兵衛は箱館に戻って寅松と合流した。

　そして調所との約束通り、昆布一万斤を買い入れ、長者丸に満載して、秋口には無事に船出した。

　途中、富山を含め各地に寄港し、風待ちをしながら南下を続けた。

　本州の西端まで至ると、ほかの北前船は、いっせいに下関に入港する。だが長者丸だけは関門海峡をすり抜けて、九州東岸を南進した。

　四国との間の豊後水道を抜けると、もう日向国（ひゅうがのくに）だ。美々津（みみつ）という港に入ると、そこは薩摩藩領で、藩の役人と水先案内人が待っていた。

　彼らを乗せて、その案内に従い、九州南端の大隅半島（おおすみはんとう）をまわって、鹿児島湾へと進んだ。

　噴煙が立ちのぼる桜島が見えてくる。薩摩組の陸路とは、見える方向が異なるが、鹿児島湾に浮かぶ桜島の姿も、また別の美しさだった。

　鹿児島の港で帆を下ろすと、わらわらと小舟が集まってきて、舳先の綱を引く。港の中程まで進んで、鉄製の錨を海中におろした。

　驚いたことに、一艘の小舟に、調所広郷が乗っていた。

　小舟が長者丸に接舷するなり、調所は外梯子（そとばしご）を軽々と登ってきて、童顔をほころばせた。

「待ちかねたぞ」

　寅松が積荷の俵の一部を小刀で切り、中身の昆布を見せた。すると調所は感無量といった表情で言った。

「よくぞ運んできてくれた。これで薩摩は救われる。侍も下々も」

そして周囲の小舟に乗った役人たちに、大声で言った。

「皆々、富山の者どもに礼を申せッ」

すると役人も小舟の漕ぎ手たちも、いっせいに頭を下げ、「ありがとうごわす」や「かたじけない」などの大声が飛び交った。

寅松は、しきりに洟をすすっていた。久しぶりの達成感が、それほど嬉しかったのだ。

上陸後も大歓迎を受けたが、翌日になると、調所は喜兵衛ひとりを座敷に呼んだ。

「例のものは、用意できたか」

「持参いたしました」

喜兵衛は懐から帛紗(ふくさ)包みを取り出した。開くと、細紐がついた小さな竹筒が現れた。それを帛紗ごと差し出す。

「お納めください」

調所は受け取ると、竹筒の栓を外し、小さく折りたたんだ油紙の包みを、指先で引き出した。さらに油紙を開く。中身は粉薬だ。

喜兵衛は小声で言った。

「鳥兜(とりかぶと)でございます。これ一服で、まちがいなく息絶えます」

調所は満足そうに言った。

「これで何が起きても、そなたらは困らぬ。安心して、これからも昆布を運んでくれ」

ただ喜兵衛の様子に不審を感じたらしい。

「何か不満か」

「何か引っかかるものがあるのであろう。遠慮することはない。何なりと申せ」

何度も促されて、喜兵衛は正直に打ち明けた。

「いい歳をして青臭いことを申すと、笑われるかもしれませんが、気がかりはアイヌのことでございます」

「笑いはせぬ。何でも聞かせよ」

「箱館では商人たちの地位が高く、これが調所さまの理想なのだと、一時は感じ入りました。でもアイヌも、本来は交易の民なのに、まったく誇りを持って生きられない。正直なところ、私は憤りを覚えました」

昆布の輸送自体は、やりがいを覚えるが、アイヌの立場には納得いかないと、ありのままに訴えた。

すると調所は小刻みにうなずいた。

「アイヌの暮らしの厳しさは、心ある者たちには広く知られている。あのままでよいとは、だれも考えてはいない。だが今は、どうすることもできぬ。それが幕府の方針だからだ」

今は松前藩の領地だが、幕府の直轄地だった時期が長い。その間に、アイヌからの搾取が厳しさを増したという。

「このまま放っておくと、蝦夷地はロシアのものになりかねん」

近年、ロシア人がコタンに近づき、西洋の武器を与えて、幕府に反旗をひるがえすよう、そそのかしているという。それは箱館で雇い入れた案内人も話していた。

「今すぐにでも悪政を改めねばならぬ。長崎貿易の独占こそが、諸悪の根元だ。しかし相手は幕府だ。物申すには、こちらも準備が要る」

まずは薩摩藩の財政を立て直し、西洋の銃砲や蒸気船などの充分な武力を備えてから、幕府に大改革を迫るという。

「蘭癖大名と陰口をたたかれている薩摩だからこそ、道筋は見えている」

調所は洋式軍備についても熱く語った。

「前にも申したが、暮らしが厳しいのはアイヌばかりではない。黒糖を産する奄美でも同じだ。私は島の者たちに苦労を強いている。それを改めねばならぬのは百も承知だ」

今は辛抱してもらうしかないが、いずれは昆布も黒糖も権力者による統制を外し、彼ら自身が自由に売り買いできるようにしたいという。

そのためには、世の中が大きく変わらなければならなかった。

「ともかく、そなたらは引き続き昆布を運んでくれ。時期がくれば、薩摩が先んじて世の中を変える。それは必ず成し遂げる。遠まわりに思えるかもしれないが、それが、ひいては貧しい農家はもちろん、奄美の島民やアイヌの者どもを救うのだ」

調所の話には説得力があるが、それでも、まだ懸念も残る。思い切って口にした。

「お言葉を返すようではございますが、万が一、抜け荷が発覚した際には、調所さまは先ほどの毒薬を、お召しになるのでございましょう。そうなったら先々のことも、無になりませんか」

調所は手のひらを、こちらに向けた。

「いや、たとえわしが死んでも、わしの志を継ぐものが、まちがいなく薩摩には残る。かならずや日本は、薩摩藩が変える」

自信に満ちた言葉だった。

長者丸での帰路は、奄美の黒糖や屋根葺用の屋久杉の皮などを満載して、まずは大坂に向かった。そんな荷の間に、琉球経由で清国から入手した薬種を潜ませて運んだ。

大坂では薩摩藩の蔵屋敷に、すべて荷上げした。喜兵衛も下船し、薬種だけは、みずから陸路で富山まで運んだ。

薬売りが、いくら大量の薬種を担いでいても怪しまれない。しかし、もし船で薬だけを運んでいるのが発覚したら、組織的な密貿易品と見抜かれかねない。

ただ足の悪い寅松には、陸路の長旅は無理であり、遠まわりながらも、そのまま長者丸に乗せ、また関門海峡経由で、ゆっくりと富山に戻らせた。

翌年からは長者丸は寅松に任せ、喜兵衛は行商も息子に譲って、薩摩藩との連絡に専念した。長者丸が鹿児島から戻り、大坂に入港する時期には、喜兵衛は店の奉公人たちを連れて、薩摩藩の蔵屋敷まで、輸入薬種の受け取りに出向いた。

そのころから毎年、奥州で凶作が続くようになった。富山でも夏の長雨が続き、稲が実らない。五十年以上前に天明の飢饉があったが、それ以来と言われるほどの飢饉となり、奥州諸藩では餓死者も出た。今度は元号が天保であることから、天保の不作と呼ばれ始めている。

飢饉のときには、人々が飢えて体力が衰え、そのために疫病も猛威をふるう。

その結果、富山の置き薬は例年以上に求められた。そうして病人を救うだけでなく、売薬の収入が、いよいよ富山藩を支え、薩摩藩をも助けた。

ここに至って喜兵衛は、ようやく長者丸の航行に胸を張れるようになった。やりがいが後ろめたさを越えたのだった。

五章　波濤を越えて

長者丸が昆布輸送を始めたのが天保四（一八三三）年。それから毎年、輸送は続き、六年めに入った晩秋のことだった。

喜兵衛は白髪が混じり始めた髷を少し傾けつつ、店奥の座敷で薬研（やげん）を転がしていた。

硬い木製の舟形の台に、硬く乾燥した薬種を入れ、両側に取手のついたまわし車を、前後に押して砕いていく。

五十三歳になった今も、調合の工夫には余念がない。それに何か嫌なことが起きたり、気がかりがあったりすると、いつも薬研に向かう。一心に車を押していると、心が落ち着くのだ。

頃合いを見て、まわし車を止めた。舟形の底に貯まった粉末に指を触れ、砕け具合を確かめた。

そのとき廊下から、お多賀が声をかけてきた。

「あなた、寅松さんが戻りました」

すぐさま喜兵衛は立ち上がり、磨き上げられた板敷の廊下を足早に進んだ。

店まで出ると、女衆が足すすぎのたらいを運んできたところだった。寅松は上り框に腰を下ろして、草鞋の紐を解いている。

こちらに気づいて、杖を頼りに立ち上がろうとしたが、喜兵衛は不自由な足を気づかった。

「そのままでいい」

気が急いて、あれこれ聞きたいものの、ひと言だけ口にした。

「無事で、よかった」

寅松は硬い表情で答えた。

「なんとか上手くいきました」

喜兵衛は半ば安堵しつつも、言葉とは裏腹な様子が気になって、奥を目で示した。

「話は、奥で聞こう」

先に奥の間に戻った。

寅松は毎年、梅雨が明けるのを待って、富山から長者丸に乗り込んで、箱館におもむく。そこで定宿に長期滞在し、蝦夷地の各地から集まってくる昆布を買いつける。

ほかにも北前船が続々と入港してくるため、毎年、昆布の入手は争奪戦になる。寅松は薬や輪島の漆器との交換で、質のいい昆布を揃えた。

昆布が一万斤になったところで、また長者丸に乗り込んで、秋田、酒田、新潟と南下してくる。

富山にも寄港して、寅松は能登屋に顔を出し、喜兵衛に経過を報告する。その後は関門海峡経由で鹿児島に向かうのが常だった。

今年も、とっくに富山に戻ってきてもいい時期だった。それが例年になく遅れていた。

去年あたりから北前船に対して、幕府の監視が極端に厳しくなった。そのために何かあったのではないかと、喜兵衛は気を揉んでいたのだ。

寅松は硬い表情のまま奥に現れ、座敷の隅に片足を投げ出して座り、深々と頭を下げた。

「遅くなりました」

喜兵衛はねぎらった。

「よく帰ってきた。今年は、いろいろと苦労があったのだろう。長者丸は、どうした？　ここまで乗ってこられたのか」

すると寅松は首を横に振った。

「昆布は例年通り、揃えることができたんですが」

気まずそうに言葉を続ける。

「実は長者丸は、俺を箱館に置き去りにして、東まわりで鹿児島に向かったんです」

喜兵衛は眉をひそめた。

「東まわり？」

「できれば、東まわりは避けたかったんですが」

富山を経由する北前船の通常航路は、西まわりと呼ばれる。

それに対して東まわりは、箱館を出てから津軽海峡を東に向かい、三陸海岸側に出て、磐城や常陸の外海沿いを南下し、江戸に至る航路だ。

しかし秋から冬にかけての東まわりは、三陸の辺りで北西から吹きつける風を、まともに受ける。どうしても船が陸から離れがちになる。

さらに奥州沖からは大海原に向かう強い海流があり、それに乗ってしまうと、二度と戻ってこられなくなる。危険な航路だけに、まず北前船は通らない。

寅松は、ふたたび深々と頭を下げた。

「旦那、申し訳ない。危ない航路を選んでしまって。ただ箱館での荷改めが、いつになく厳しくて。途中の酒田や新潟の港でも、相当、面倒だと聞いていたし。とうてい下関を素通りできそうになかったんで」

「それは難儀したな。でも寅松、おまえは、どうやって帰ってきたんだ？」

「ほかの北前船に頼み込んで、乗せてもらいました」

寅松は改めて頭を下げた。

「俺ひとりで、おめおめと帰ってきて。何の役にも立たず、面目ない」

喜兵衛は、できるだけ穏やかに答えた。

「気にするな。だいいち、役に立っていないわけではない。こうして事情を伝えてくれたではないか」

もう寅松には言葉がなく、ただうつむいている。

すでに調所広郷から内々に伝え聞いたところによると、去年から急に幕府の監視が厳しくなったのは、隣国に理由があった。

琉球経由の昆布が、清国に安くもたらされた結果、長崎経由の正規の貿易品が、売れなくなってしまったという。

そこで長崎に出入りする唐船の船主たちが「密貿易を取り締まって欲しい」と、幕府の長崎奉行に泣きついたのだ。

いくら薩摩藩内に隠密を放ったところで、密貿易の証拠はつかめない。そこで幕府は一転、北前船の取り締まりに出たのだった。

寅松は、いかにも不満そうに言う。

「俺は本当は、沖乗りにしたかったんです」

沖乗りは西まわりの中でも、思い切って陸から離れ、佐渡や能登半島の北をかすめて、一気に船を進める方法だ。

沿岸航海より危険は増すものの、どこにも寄港せずにすむし、何より船足が速い。

それに冬の北西風を受けても、陸に近づくだけで、少なくとも大海原に流される懸念はない。

「でも長者丸は沖乗りなんかしたことがないし、八左衛門が不安がったんですよ」

八左衛門は最初から長者丸に乗ってきた船親司だが、沿岸航海しか経験がない。

「そうしたら平四郎が、東まわりにしようと言い出して」

平四郎は能登屋の奉公人だ。寅松よりも少し若く、ここのところ実質的な副船頭役だった。

「あいつは言い張ったんです。『沖乗りにしたって、関門海峡や九州沿岸を通らないわけにはいかないから、必ず役人にみつかる』って」

挙句に平四郎は、東まわりができる船乗りを探し出してきたという。

「越後人の金六ってやつです。それでも俺が反対すると、平四郎は『そんなに怖けりゃ、乗らなきゃいい』って言い出したんです。俺なんかいたって『何かあったときに、足手まといだ』とか言いやがって」

激しい口論の最中に、寅松が箱館の役所に呼び出された。行ってみると、特に長者丸が疑われたわけではなく、簡単な確認だけで、すぐに帰された。

しかし平四郎は捕まったと勘違いしたのか、金六を長者丸に乗せると、八左衛門や水主たちを促して、勝手に出航してしまったという。

結局、寅松は箱館に取り残されてしまったのだ。

「それで俺は、しかたなく事情を伝えに、ここまで帰ってきたんです」

もういちど寅松は、這いつくばるようにして頭を下げた。

「せっかく旦那にいただいた役目を、きちんと果たせなくて、申し訳ない」

喜兵衛は首を横に振った。

「そんなことは気にせんでいい。とにかく長者丸が無事、鹿児島に着けばいいんだ」

すると寅松は黙り込んでしまった。

「どうした?」

「大したことじゃありません」

「隠すことはない。何でも話せ」

「いや、長者丸が、俺の手の届かないところに行った気がしてね。それで悔しくて悔しくて。そんなことを気にして、小さい男だとは、わかってるんだが」

投げ出した足を、軽く手でたたいた。

「この足が、こんなじゃなけりゃ、平四郎なんかの好きにはさせやしなかったのに」

最初の航海から、長者丸に乗り込んできただけに、その悔しさは推し量れる。

ともあれ船は、すでに東まわりに出てしまっており、あとは無事を祈るしかなかった。


その後、喜兵衛は例年通り、薩摩藩の大坂蔵屋敷まで、薬種の受け取りに出向いた。しかし役人の言葉に胸を突かれた。

長者丸が、まだ鹿児島に到着していないというのだ。とっくに着いていてもいい時期であり、遭難という言葉が頭をよぎった。

喜兵衛は富山に取って返し、諸国を旅する薬売りたちに、長者丸に関する情報収集を託した。こういうときにこそ、薬売りの情報網が役に立つ。

すると箱館を出港してからの足取りがわかった。

十月半ばに、三陸海岸の入江のひとつ、田之浜という港に入ったらしい。その後、仙台近くの唐丹(とうに)に寄って、十一月の下旬に船出したところまで判明した。

地元の漁師たちの話によると、その日のうちに天気が急変し、海は大荒れになったという。

それ以降の入港の報告は、どれほど手を尽くしても、どこからも届かなかった。

唐丹を出て暴風に見舞われ、大海原の彼方に流されたとしか考えられない。もはや遭難を認めざるを得なかった。

喜兵衛は祈った。長者丸が大海原の孤島にでも吹き寄せられて、平四郎以下十人には、なんとか生きながらえていて欲しいと。

そして調所が大坂に現れる頃合いを見計らって、もういちど蔵屋敷を訪れた。

昆布が納入できない限り、今年は相当の金を積まなければ、薬種は引き渡してもらえない。そう覚悟を決めた。

喜兵衛が長者丸遭難の事情を打ち明けると、調所は眉をひそめながらも、小さくうなずいた。

「船には、ありがちなことだ。今年の昆布は諦めよう。薬種は渡す。その代わり、長者丸に代わる新船を建造し、来年からも昆布の輸送を続けよ。船大工に支払う金は、また貸すゆえ」

喜兵衛は首を横に振った。

「それは無理でございます」

「何故に？」

「船を造ったとしても、港々の取り調べが厳しくて、東まわりか、もしくは沖乗りしかできませんし、そんな危うい海に出ていかれる乗り手が、おりません。まして秘密を守れる者となると」

「ならば」

調所は身を乗り出した。

「乗り手も、こちらで用意しよう」

あまりに意外な話に、喜兵衛は意味が呑み込めない。

だが調所は自信ありげに言う。

「薩摩の船乗りたちは、方位磁石ひとつで、御用船を琉球まで走らせる。夜でも昼でも、いっさい島影が見えぬ大海原でも、ためらわぬ」

彼らなら、初めての東まわりであろうと、沖乗りであろうと、航行は不可能ではないという。

「できれば薩摩の者は関わらせたくはなかった。発覚したときに面倒ゆえ。ただ、この状況では、それしかなかろう」

どうあっても調所は、昆布輸送を続ける気だった。

「能登屋、新造船ができたら、その方は例年通り、密かに蝦夷地で昆布を買い集めよ。やはり一万斤だ」

だが喜兵衛には監視をかい潜って、一万斤もの昆布を買いつけられるかどうか、自信がない。

なおも調所は言葉に力を込めた。

「唐船は例年通り、積荷を満載して、琉球にやってくる。今年だけは事情を打ち明けて、昆布を待ってもらうしかない。でも来年からも品物がないでは、すまないのだ」

たしかに取引の信用に関わることだけに、喜兵衛としては拒めない。

「なんとかして買いつけと輸送を続けよ。そなたらも琉球渡りの薬種がなければ、困るであろう」

調所は逃げ道を塞ぐように話す。確かに今さら高価な薬種は扱えない。

それに薩摩の船乗りたちが、沖乗りか東まわりで航行してくれるのなら、喜兵衛自身が買いつけに出ればいいだけだった。

もはや腹をくくるしかなく、両手を前について承諾した。

「かしこまりました。では富山で船の建造にかかります。費用と乗り手の件は、どうぞ、よろしく、お願いいたします」

調所は満足そうにうなずき、それから唐突に聞いた。

「去年の二月に大坂で、大塩平八郎という男が騒動を起こしたのは、聞いておろう」

「大まかなことは」

大塩平八郎は幕府の大坂町奉行所の与力だったが、役目を息子に譲ってから、庶民を扇動して大坂の町に火を放ち、大暴れをしたと聞いている。

喜兵衛は前に大坂に来たときに、焼け野原になった町を目にしていた。

調所は淡々と話す。

「大塩という男は、なかなかの人物らしい。手荒ではあるが、幕府の役人と大坂の豪商たちとの癒着や、民百姓の苦しい暮らしぶりを、江戸の老中たちに訴えるのが、やつの狙いだったそうだ」

並の方法で訴えても、途中で握りつぶされて、江戸まで届かない。そのために豪商たちの町を焼き、あえて騒ぎを起こして注目を集めたのだという。

「奉行所の与力だった男ゆえ、幕府としては大慌てだ。身内が起こした事件も同然だしな。こんな騒動は、二百年前の島原の乱以来だ」

調所は説明を終えるなり、喜兵衛に聞いた。

「わしが何が言いたいか、わかるか」

喜兵衛は直感的に答えた。

「世の中が変わってきている、と、いうことでございますか」

調所は破顔した。

「その通りだ。二百年も続いてきた安泰の世は、ほころび始めている」

もう終わりは近いと、自信満々で言う。

「去年、もうひとつ事件が起きた。鹿児島湾に異国船が侵入したのだ。こちらは、あまり知られておらぬだろうが、見逃せぬ一大事だ」

近年、異国船が、各地の沿岸に出没するようになった。これに対して、幕府からは打払令が発せられてきた。異国船が接近したら、問答無用で砲撃して追い払えというのだ。

「鹿児島では、その命令通りに大砲を打ちかけて、異国船を退散させた。だが今年になって、来航の目的が明らかになった」

知らせてきたのは、毎年、長崎に来航するオランダ船だった。

「異国船はモリソン号といって、日本人の漂流民七人を乗せており、彼らを送り届けるつもりだったそうだ」

モリソン号は最初に浦賀の港にも近づいたが、やはり砲撃を受けて入港を諦めた。その後、薩摩半島の南端から入港しようとしたという。

どちらにせよ、あくまでも親切心による接近だった。それなのに大砲を撃ちかけるとは、あまりに無礼だった。

「ただし浦賀でも、わが藩でも、幕府の命令に従っただけだ。問題は打払令にある。この点を問題視する者が少なくない」

いずれ打払令は改められると、調所は踏んでいた。

「しかし力づくで退散させなくなれば、当然ながら異国との関わりは増える。日本は大きく変わらざるを得ない。内からも外からも、その動きは始まっている」

喜兵衛はモリソン号の話に、別の興味をそそられた。漂流民七人を送り返そうとしていたという点だ。逸る気持ちを抑えて聞いた。

「もしや、その者どもは、平四郎ら長者丸の乗り手たちでは」

そうだとしたら、薩摩まで来て上陸できなかったのは、どれほど悔しかったことか。

調所は首を横に振った。

「わしも、その点が気になって、内々に長崎で聞き合わせてみた。だが漂流民のひとりが、音吉という名だとわかった」

喜兵衛は落胆した。

「そうでしたか」

長者丸の乗り手には、音吉という男はいない。似たような名前もない。

「ただ希望がないわけではない。ここのところ異国では鯨獲りが盛んで、日本を取り巻く大海原には、そのための船が、かなりの数、航行しているらしい」

モリソン号も捕鯨船だという。

「それだけの船がいれば、長者丸も漂流中に助けられる可能性は、皆無ではなかろう」

そう言われると、平四郎たちにも生存の望みがありそうな気がした。

ただ漂流民の帰国となれば、大きな事件になるし、詳しく調べられれば、密貿易まで発覚しかねない。微妙なところではあるが、それでも生きて帰ってきて欲しい。喜兵衛は淡い期待を繋いだ。

天保十（一八三九）年の夏の終わり、喜兵衛は神通丸という新造船の船縁に立っていた。

長者丸に代わる二隻めの持ち船で、富山から蝦夷地に向かう初航海だった。

見渡す限り、紺碧の大海原が続く。木の香りが残る舳先が、海面を切り裂くように力強く進む。

舳先で盛り上がった海水は、白く泡立ち、船体に沿って後方へと流れていく。船尾を振り返ると、白い泡は二本の引き波となって、彼方まで続いていた。

上空に目を向ければ、海面を映すかのように青い。陸上では見たこともない濃い色合いだった。

そこに帆柱がそびえ立ち、白い帆が風をはらんで、弓なりに弧を描く。喜兵衛の耳元では、笛のような風切音が鳴り続ける。

松太郎が、風音に負けじと声を張った。

「いいですねえ。海が、こんなにいいとは知りませんでしたよ」

初めて薩摩組の行商についてきたころは、まだ子供だったが、来年は二十歳になる。

長者丸が消息を絶って以来、寅松が責任を負って仕事から身を引き、息子への代替わりを望んだ。

喜兵衛は、それを受け入れて、新造船への乗船に松太郎を連れてきたのだった。寅松から譲り受けた懸場帳は、能登屋で預かって、別の奉公人に家々をまわらせている。

松太郎は子供のころの引っ込み思案は影をひそめ、相変わらず手は器用で、今では、よく気も利く。

五十がらみの薩摩人の船親司が、喜兵衛と松太郎を交互に見て、感心したように言う。

「おはんどんは船に強かねえ。よくろわんのか」

松太郎は半端な薩摩弁で聞く。

「よくろわんって、ないのこっですか」

喜兵衛が笑いながら教えた。

「船酔いのこっじゃ。薬売りは使わん言葉じゃな」

喜兵衛も松太郎も体質なのか、船酔いに苦しむことがない。

周囲の水主たちが、こちらのやりとりに笑顔を向ける。

薩摩人との壁は、なんと言っても言葉だ。だが喜兵衛も松太郎も、薩摩組の旅で慣れており、難なく乗り越えられた。その結果、船乗りたちとは、すぐに打ち解けられたのだ。

船親司が笑いを収め、方位磁石を確認してから、周囲に何か声をかけた。船の用語らしく、さすがに喜兵衛でも聞き取れない。

若い水主たちが、いっせいに動き出す。帆桁につながる太綱を手際よく解き、船尾の舵に取りつく者もいる。

太綱を緩めるなり、風をはらんでいた大きな一枚帆が力を失い、ばたばたと音を立てて暴れ始めた。それまで帆桁は、船体に対して右斜めを向いていたが、逆向きに反転し、そのまま太綱を力いっぱい張って繋ぎ止める。

船尾の舵も反転させると、帆は、さっきとは逆側から風を受けて、ふたたび弓なりになった。気づけば舳先は、今までとは違う方向に進んでいる。帆柱も帆も反対側に影を落とす。

一連の作業を終えてから、船親司が喜兵衛に言った。

「向かい風でも、こげんして間切って進んとじゃ」

帆掛け船は普通、追い風が吹き始めるまで、港で風待ちをする。しかし沖乗りの場合は、順風を待っていられない。

そのため逆風であっても、帆桁を斜めにすえて、目的の方向から、あえて外れ、斜めに船を進ませる。そして頃合いを見計らって、帆桁の角度を反転し、逆斜め前に向かって走る。

それを間切ると呼び、間切りを何度も繰り返して、目的の方向へと船を進めるのだ。外洋航海に慣れた、薩摩人らしい高度な技術だった。

日が沈むころには追い風に変わり、いよいよ神通丸は快速で進み続けた。

簡素な夕食がすむと、喜兵衛も松太郎も、神棚のある狭い部屋で、若い水主たちと雑魚寝だった。寝ず番の水主が、ずっと海上の見張りを続けているが、気がつくと、たびたび船親司が船室から出ていく。

喜兵衛が後を追っていくと、船親司は明るい月を浴びながら、夜空を見上げていた。頭上は満天の星だった。

聞けば、星の位置を確認しているのだという。鹿児島と琉球の間の海域なら、主だった星の位置は頭に入っており、それによって、どこを走っているか把握できるという。

「じゃっどん、今回は慣れん海じゃっで、気をつけちょっど」

星の位置さえ頭に入っていれば、たとえ嵐に遭遇して遠くまで流されたとしても、かならず戻れるという。

喜兵衛は、それほどの技術を持つ船親司が、よくぞ他国の船になど乗ってくれたものだと、不思議に思って聞いた。

「ないごて、こん船に乗ってくれたとですか」

「まあ、お上から言われもしたで」

藩からの命令では従うしかない。それから船親司は頰をゆるめて言い添えた。

「そいに売薬どんの船ち聞きもしたし。子どんころに、富山ん置き薬のおかげで、おいは命が助かったとですよ」

かつて海辺の村で、大勢が食あたりにかかり、年寄りや幼い子供が、命を落とす騒ぎになったという。そのときに、だれかが富山の薬を飲ませてくれて元気になり、母が泣いて喜んだというのだ。

すると寝ず番の水主が話に入ってきた。

「おいどんの家じゃ、妹が高か熱を出したときに、近所ん人が富山の熱さましを持ってきてくれて、治りもした」

高熱で引きつけまで起こし、幼心にも見ていて怖かったが、薬が効いて落ち着いたときには、家中で胸をなで下ろしたという。

また船親司が言った。

「こん船に乗っちょっ者(もん)は、多かれ少なかれ、富山ん置き薬ん世話になっちょっど。そげん恩人の船じゃっで、乗らんわけにはいきもはん」

かつて喜兵衛が薩摩組として出向いたのは、もっぱら内陸の農家で、海辺の村には縁がなかった。だが誰かが薬箱を置きに行っていたらしい。

五十がらみの船親司が子供のころなら、先代か先々代の薬売りかもしれない。

昔からの積み重ねが、こんなときに力になってくれたのだ。それが喜兵衛にはありがたかった。

満天の星空の下、神通丸は風を受けて、ひたすら蝦夷地に向かった。

津軽海峡に向けて、箱館湾が半円形に口を開けている。その大きな湾の東端に、もうひとつ小さな入江が存在する。その内側が箱館の港だ。

外海から二重の湾で隔たれているうえに、箱館山が風除けになるために、常に波が穏やかだ。

箱館山から浜へと続く傾斜が急なため、その延長の海底も急に深くなる。座礁の心配がなくて、まさに天然の良港だった。

入港してみると真夏でも涼しく、穏やかな海面には、大小無数の帆掛け船が停泊していた。

千石級の大型船は北前船だが、数百石積みの中型船も多い。蝦夷地の各地から昆布を運んでくる船だ。

その間を手漕ぎの艀舟や漁師舟が、ひっきりなしに行き来する。

陸に目を向ければ、海沿いに白漆喰の倉が並んでいた。表通りの大店には「昆布」と染め抜いた暖簾が、凪にはためいているのが、海上からも望める。

長者丸が新造船だったころに来て以来、喜兵衛には久しぶりの箱館だった。

前の長者丸は、松前藩の役人に怪しまれたと聞いているが、神通丸なら、まだまだ目をつけられていない。「越中富山神通丸」と墨書した幟旗は、入港前に外してある。

それでも、いつ何時、不審に思われるか知れない。なるべく早く昆布を仕入れて、鹿児島に向かいたかった。

上陸してみると、以前と変わらず人通りが多く、ほかの港町にはない賑わいだった。

喜兵衛は松太郎と手分けして、「昆布」と書かれた暖簾をくぐった。

そして自分が富山人であることも、神通丸が富山の船であることも伏せて、買いつけ交渉に入った。

「できるだけ早く品物が欲しい。今、こちらの倉にあるものだけでもいい」

だが店の主人が肩をすくめた。

「それが昨日、売れたばかりで、今、倉は空なんですよ」

次にアイヌのコタンから入荷してくるのは半月先だという。しかし初回の客だけに、出し惜しみしている気配があった。

喜兵衛は算盤の珠を弾いて、思い切って高めの買値を示し、さらに持ち金の小判を見せた。すると主人の態度が変わった。

倉に案内されて驚いた。中には昆布俵が山積みになっていたのだ。品質も悪くない。どうやら毎年、仕入れに来る得意客のために取ってあるらしい。

その場で内金を渡し、店の小舟で神通丸まで、すべての俵を運ばせた。そして艀舟の船上で残金を支払った。

そんな買いつけを繰り返しているうちに、喜兵衛は嫌な気配を感じた。

上陸中に背中に視線を感じて振り返ると、往来の人混みの中から、ふいに横丁に入る人影がある。それが一度ではなかった。

神通丸の船親司に話すと、念のため、いつでも出港できるようにと、岸壁から少し離れた海域に船を移動させた。

船乗りたちは、言葉で薩摩人だと気づかれる。そのため、ひとりも上陸はせずに、船上で待機していた。

次の店でも商談がまとまり、荷積みと支払いが終わったときに、その店の主人が聞いた。

「もしかして、あんた富山の人ですかい？」

喜兵衛は否定したが、主人は声をひそめた。

「もし、そうだったら、早く船を出した方がいいですよ。お役人が抜け荷の疑いをかけてるみたいですから。うちは面倒には、関わり合いたくないんでね。こんな話も聞かなかったことにしてください」

急いで神通丸に戻り、すぐにでも出航したかったが、まだ松太郎が戻っていなかった。

喜兵衛は陸に取って返して、港町を探しまわった。

その間にも背後に尾行を感じる。やはり役人に目をつけられたらしい。こんなところで捕まったら、松太郎はもちろん、船乗りたちも無事ではいられない。

喜兵衛は表通り沿いの店を、片端からのぞいてまわり、ようやく松太郎に出会った。ちょうど書店から出てきたところに遭遇したのだ。

「何をしていたんだ？　すぐに船を出すぞ」

有無も言わせずに栈橋に引っ張っていき、艀舟に飛び乗った。

そのまま神通丸まで横づけさせ、ふたりで梯子を駆け上った。

すでに日は暮れかかっていたが、喜兵衛は船親司に頼んだ。

「今すぐ船を出してもらいたか」

船親司は即答した。

「やっみもんそ」

だが、いつものように何艘もの小舟で、港の外まで引いてもらうことができない。そんなことをしていたら、松前藩の小早に追いつかれてしまう。

小早は手漕ぎの小型船の中でも、全体が細身で速度が出る。

船親司は錨（いかり）を引き上げるなり、風向きを読んで、帆桁の角度を調整してから、いきなり帆を挙げた。

もう薄暗くなった海面で、おもむろに船が動き出す。

そのとき栈橋方向から、甲高い呼子が鳴り響いた。無数の明かりが次々と灯り、こちらに向かって動き出した。やはり松前藩の小早に気づかれたのだ。

港を囲む岬の突端には、すでに石灯籠に篝火（かがりび）が入っていた。

それを避け、船頭は舵を目一杯に切って、舳先を急回転させていく。

篝火にぶつかるかと思うほど近づきながらも、なんとか神通丸は入江から滑り出した。篝火が背後に流れていく。

いよいよ速度を増す中、振り返ってみると、小早の灯りは、はるか彼方に遠のいていた。

いくら速度が出るといっても、手漕ぎの小早では、風に乗った帆掛船に、とうてい追いつけない。船上では逃げ切った爽快感で、船乗りたちの大歓声が飛び交う。

喜兵衛も安堵しつつも、とうとう追われる身になったという事実を、痛感せずにはいられなかった。


神通丸は、夜のうちに津軽海峡に出て西に向かい、蝦夷地西岸を北上して、翌朝、江差に到着した。

江差は箱館同様、昆布の集積地だ。箱館だけでは、まだ充分な量の昆布を確保できていない。江差でも入手しなければならなかった。

南北に長い鷗島が波除けになっており、その風下の港には、何艘もの北前船が停泊していた。

神通丸も港の北寄りに錨を下ろした。ここでも怪しまれたら、すぐに出港できるように、舳先を港の外に向けた。

喜兵衛ひとりで下船して、急いで昆布を買い集めた。

だが昼過ぎには、関船が二隻、箱館方面から近づいてきた。関船は中型の帆掛船ながら船体が細身で、やはり速度が出る。

どちらも帆に丸に割菱の紋所を掲げている。紛れもなく松前藩の御用船で、大勢の侍が乗っており、箱館からの追っ手に違いなかった。

だが、まだ荷積みが終わっていない。喜兵衛は大急ぎで、残りの昆布を船上に引き上げさせた。

その間にも、二隻は港の北側に迫ってくる。すでに帆を下ろしており、港の小舟が総出で太綱を引いている。

船親司が顔色を変えた。

「二隻を並べて、錨を下ろす気じゃっど」

二隻で港の北口を封鎖しようとしていた。逆側には何隻もの北前船が停泊しており、逃げ場がない。

そのとき、すべての荷積みが終わり、船親司が大声で命じた。

「錨を抜けッ。二隻の間をめがけて、突っ込んどッ」

体当たり覚悟で突き進むという。

そして帆桁と舵の角度を調整しつつ、喜兵衛と松太郎に言った。

「旦那さんたちゃ、しっかりつかまっちょってくれ。向こうん船にぶつかっかもしれんし、隠れ岩に乗り上ぐっかもしれんで」

初めての港のため、暗礁の場所もわからず、一か八かの勝負だった。

船親司は昨夜と同様、風を見極めるなり、一気に帆を上げた。帆は一瞬で膨らみ、船体は大きく揺らぎながらも進み始めた。

目の前に二隻の関船が立ちはだかる。その間は、とうてい神通丸が通れる距離ではない。だが船親司は強気で船を進めた。

「どかんかッ。ぶつかっどッ」

関船を引いていた小舟に、大声で警告する。

もう関船上の侍たちの顔も見える。だれもが激突の恐怖におののいていた。こちらの方が大型で、ぶつかれば向こうの被害が大きいのは目に見えている。

怒声が飛んでくる。

「止まれッ。止まれッ」

「抜け荷など運んで、逃げきれぬぞッ」

喜兵衛が、ぶつかると覚悟した瞬間だった。

急に二隻が離れ始めた。激突を避けようと、太綱を引いていた小舟が、全力で別方向に漕ぎ出したのだ。

広がっていく隙間に、神通丸は突入していく。片方の船尾と、もう片方の舳先とが、目と鼻の先をかすめる。

関船の方が甲板が低いために、こちらには飛び移っては来られない。

その代わり、鉄鉤つきの麻縄が、神通丸の船べりに、次々と投げ込まれた。それを伝って乗り移ろうという魂胆だった。

船縁に突き刺さった鉄鉤を、喜兵衛も松太郎も水主たちも、渾身の力を込めて引き抜き、次々と海に投げ捨てた。

その間にも神通丸は進み続け、二隻の間をすり抜けて、かろうじて外海に抜け出た。鷗島の先は風が強く、一気に速度が増す。

背後を振り返ると、二隻の関船は追いかけようと、大急ぎで方向転換していた。だが、どうしても手間取り、こちらとの距離が、どんどん開いていく。

すっかり外海に出たところで、風が凪いで速度は落ちたが、海上に霧が立ち込め、都合よく船体が包まれた。そこからは潮流に船を任せて、さらに陸から離れた。

「もう大丈夫じゃ。こい以上は追っかけてこんじゃろう」

船頭が息で肩を上下させながら言うと、全員が安堵して、その場に座り込んだ。

しかし買い入れた昆布は、まだ一万斤の半分にも満たない。昆布の集積港は、箱館と江差以外には知らない。

喜兵衛は船親司に言った。

「こうなったら、アイヌのコタンに、じかに買いつけに行くしかない」

「じゃっどん、言葉がわからんじゃろ」

すると松太郎が懐から一冊の本を取り出した。

「箱館で、こんな本を見つけたんだ。何かの役に立つかと思って、買っておいたんだけど」

喜兵衛は中を開いて、目を見張った。それはアイヌ語の手引書だったのだ。

挨拶から物々交換に必要な言葉まで、和人の言葉と対比させて、片仮名で表示してある。だれかがまとめたものを、手で書き写した写本だった。

「松太郎、これは使えるぞッ。さすがに気が利くな。いいものを手に入れた。お手柄だッ」

笑顔で本を返してから、喜兵衛は舳先に視線を向けた。

「ずいぶん前に行ったことのあるコタンを訪ねてみよう。薬を置いていったから、覚えてくれているかもしれない」

水主たちは江差での逃走で疲れ切っていたが、先が見えてきたことで、また元気を取り戻して立ち上がった。


そのコタンでは、以前、家に招き入れてくれた長老が健在で、喜兵衛のことを覚えていた。やはり置いていった薬の印象がよかったのだ。

薬は飲み慣れない者ほど、薬効が著しい。そのために発熱でも腹痛でも、子供の擦り傷、切り傷でも、少量の薬で、たちどころに治ったと、いたく感謝された。

松太郎がアイヌ語の手引きを片手に、身振りもまじえて「また薬を持参したので、昆布と交換したい」と伝えた。前と同じ紙袋に入った薬も見せた。

すると長老は薬を手に取って、まじまじと見た。やはり何より薬は欲しいらしい。

そして思い切ったように高床式の倉に案内し、いくつかの昆布俵を開いて、中身だけ持っていけと、手で追い払うような仕草をする。

あれからも長く不漁が続いて、男たちは千島列島まで昆布取りに連れて行かれており、コタンには相変わらず、老人と女子供しかいない。

しかし最近は、この辺りの海にも、わずかながら昆布が戻ってきたという。それで老人や女たちが浅瀬に入って、収穫した昆布だった。

ただし場所請負人が来たときに、少しでも渡さなければならないから、全部は譲れないと、長老は、すまなそうに詫びる。

もし空の俵を持ってくれれば、来年は夏の初めから少しずつ別にしておいて、もっと渡してくれると、また身振りで伝えてきた。

蝦夷地では稲作ができないために、俵も作れない。そのため場所請負人が俵を持ち込んで、できた昆布を詰めさせていた。その数が合わなければ、厳しく罰せられるという。

また長老は、ほかのコタンにも口を聞いてくれると言って、村の若者を神通丸に乗せた。

喜兵衛たちは、ありがたく申し出を受け入れて、若者の案内で、いくつものコタンを訪ねては、少しずつ昆布を譲り受け、どこでも薬を置いていった。

結局、一万斤には達しなかったものの、来年に期待して、その夏の取引は終わりにした。そして、沖乗りの間切り航行で、一気に昆布を運んだ。

鹿児島では、懸命に事情を訴えると、薩摩藩の役人は不足を納得してくれたのだった。

翌年は松太郎のアイヌ語が達者になり、前年に置いていった薬の信用もあって、どこでも歓迎された。

喜兵衛は薬だけでなく、アイヌの暮らしに必要な漆器や鍋釜、刃物なども持っていった。そして場所請負人よりも、はるかにいい条件で提供した。

どこでも老人や女たちが海に出て、昆布を収穫し、乾物にしていた。それを富山から持っていった俵に詰めて、神通丸に船積みした。

場所請負人に知られたら、ただではすまない。アイヌ側にも危ない橋ではあったが、それほど薬は望まれていた。

特に怪しまれそうな場合には、そのコタンには薬を届けるだけにして、また新たなコタンに出向いた。ここでも先用後利の形式を取ったのだ。

たとえ、ひとつのコタンで昆布を入手できなかったとしても、広大な蝦夷地沿岸には、無数のコタンが存在する。どこかで手に入れられた。

松前藩としては、取り締まるべき範囲が広すぎて、手がつけられない。もし追いかけられたとしても、薩摩の船乗りたちは、巧みな操船術で逃げ切ると胸を張る。

苦肉の策として始めた直接買いつけだったが、以来、予想外に上手くいき、神通丸による昆布輸送は軌道に乗った。

そこで三年目からは、昆布の買いつけを若い松太郎に任せた。そして喜兵衛自身は神通丸を降りて、また薩摩藩との連絡役に戻った。

六章　漂流の果て

長者丸遭難の翌年、江戸で、蛮社の獄と呼ばれる事件が起きた。蘭学者たちが打払令を批判した文書が発覚し、幕政批判として捕縛されたのだった。

さらに翌年になると、長崎に来航したオランダ船が、阿片戦争で清国が劣勢という情報をもたらした。さらに二年後、なんと中華の大国である清国が、西洋の小さな島国、イギリスと戦って負けてしまったという。

幕府の長崎奉行所では秘密にしていたものの、通詞などの口から広まり、海外情報に敏感な薩摩藩にも、いち早く聞こえてきていた。

江戸の老中たちは異国船対策を、それまでの打払令から薪水給与令に改めた。打ち払った結果、恨みを買って、阿片戦争のように、イギリスから戦争を仕掛けられては、とうてい勝ち目がないと見込んだのだ。

喜兵衛が大坂の蔵屋敷におもむくと、調所広郷が言った。

「大砲を撃ちかけて追い払えから、相手が欲しがる真水や薪を与えて、お引き取り願えに変わったわけだ。一見、ことは穏やかになったように思えるが、大違いだ」

日本全国どこの港でも、異国船が入港したら、相手の要求に応じることになる。これは日本中の港を、海外に開いたも同然だという。

「西洋の国々は条約を重んじるゆえ、いずれは、どこかの国の蒸気船が大砲を載せて、開港の条約を結びに来るだろう。そのときに幕府は拒めない。なぜなら、すでに異国船を受け入れているからだ」

向こうにとっては既得権であり、なかったことにするのは不可能だという。

「薪水給与令の意味の重さを、まだ、だれも気づいていないが、これは開国への重要な布石になる」

調所は語気を強めた。

「開国に至れば、自由貿易も避けられまい。かつて戦国のころには、大名も船乗りたちも、それぞれの裁量で貿易を行なっていた。そんな形に戻るだろう」

特に九州の戦国大名たちは、自分の領地の港に外国船を迎え入れ、あるいは自分の持ち船で海外に乗り出していったという。合戦に勝ち残るために、鉄砲や火薬や弾丸用の鉛を、輸入しなければならなかったのだ。

「そのころの形に戻れば、われらの琉球を介した昆布取引は、もはや抜け荷ではなく、正当な貿易になる」

説得力のある話であり、喜兵衛は開国に期待をかけた。

昆布の輸出が合法になるだけでなく、もし長者丸の乗り手たちが生きていたとしたら、彼らも大手を振って帰国できる。

いまだ喜兵衛は平四郎たちの無事を、諦めきれないでいる。自分でも未練だと呆れつつも、ひとり言が口から出た。

「生きていると信じているぞ」

長者丸の遭難から五年が過ぎた夏、喜兵衛は富山城内にある反魂丹役所に呼ばれて、ひとりで出向いた。

反魂丹役所は、薬の製造販売を管理する藩の役所で、薬の品質低下に目を光らせ、薬効の研究も手がけている。

能登屋のように独立した店舗では、時おり抜き打ち検査があり、材料や製造過程が調べられる。店舗や作業場を持たない薬売りは、反魂丹役所の一角を借りて、薬を製造することもできる。

役所や倉のほかに、長屋づくりの作業場があり、薬研を使う音が響き、薬種を蒸す湯気や煙が、煙出し窓から立ちのぼる。

喜兵衛は、そんな敷地を横切り、反魂丹役所の玄関へと足を踏み入れた。

ここでは下働きに至るまで顔見知りだ。名乗る必要もなく、庭にまわるように指示された。庭といっても庭園ではなく、ただ草刈りがしてあるだけの広場だ。

ここで話すときは、かならず内密なことだった。部屋の中のように、天井裏や襖の陰から盗み聞きされる心配がない。

広場の只中に立って待っていると、山本権之丞という旧知の藩士が建物から出てきた。

年のころは四十前後。眉が下り気味で、いかにも人がよさそうに見える。しかし意外に頭の回転が早く、時には居丈高にもなる。

山本は近づいてくるなり、下り眉をいよいよ下げて声をひそめた。

「よく聞け。実は、長者丸の乗り手たちのことだが」

続く言葉に、喜兵衛は耳を疑った。

「生きていたんだ」

「長者丸の者たちが?」

つかみかからんばかりに聞いた。

「まことでございますかッ」

「確かなことだ。松前藩から江戸のお城に知らせが届いた。それから、われらの江戸屋敷に伝えられたのだ」

松前藩から幕府、さらに幕府から富山藩邸への正式な伝達であり、間違いはないという。

「大海原を流されていて、アメリカの船に助けられたそうだ」

信じがたいという思いが、喜びに変わっていく。やはり生きていたのだ。期待は間違ってはいなかったのだ。

喜兵衛は勢いこんで聞いた。

「そ、それで、今、どこに?」

「先ごろ、択捉という島に上陸したらしい。千島という島々のひとつだ」

千島はアイヌの男たちが、夏の間に連れて行かれて、昆布漁に従事する列島だ。

「皆、無事ですかッ。行方知れずになったときには、十人が乗っていましたが」

山本は首を横に振った。

「いや、帰ってきたのは六人だと聞いている。詳しいことはわからぬが、帰ってきたのは水主だけらしい」

浮き立っていた気持ちが萎んでいく。

水主だけなら、品物の売り買い担当だった平四郎は含まれない。

山本は、いっそう声を低めた。

「長者丸そのものは戻らなかったし、もちろん積荷もだ。それゆえ例の証拠はない」

密貿易への加担は富山藩も容認している。ただ、事実が幕府に知られないかを、何より気にしていた。

「それで六人は、いつ、こちらに?」

「おそらくは箱館から、いったん江戸に連れて行かれるだろう。お取り調べは江戸で行われるが、もし水主どもが例の件について口を割ったら、万事休すだ。逆に、罪がないとわかれば、富山に帰してもらえるだろう」

喜兵衛は強気で答えた。

「水主たちには、何が起きても余計なことは言わぬよう、最初から約束させていますゆえ、その点は、お気づかいは無用かと」

「だが拷問でもされたら、どうなるか。もし話が公になったら、能登屋が責めを負うことになる。重重、覚悟せよ」

「それは承知しております」

「わかっていようが、例の件は、そなたの店だけで続けてきたことだからな」

藩は密貿易には無関係だと、改めて言い渡され、喜兵衛は神妙に答えた。

「それも心得ております」

密貿易が発覚したら、自分が首をくくればすむ。昆布輸送を始めたときから、その覚悟はできている。

喜兵衛は気がかりを口にした。

「六人は、江戸で入牢でしょうか」

「わからぬ。キリシタンに染まっていたりしたら、入牢であろう」

「それもないとは思いますが。もし宿に泊まれるようでしたら、普段から薬売りが江戸で世話になる店がありますので、そこに六人も泊まれるよう、お願いできませんでしょうか。費用は私どもで出しますので」

「そうだな。牢に入れられて、出たいがために余計なことを申すと困るしな」

宿のことくらいなら、富山藩から幕府に願い出てくれるという。

「ならば、それだけだ」

山本は話を打ち切ると、忙しげな足取りで建物の方に戻っていった。

喜兵衛の心に、ふたたび喜びが満ちていく。どんな責任を負わされようとも、水主たちが生きていた喜びが勝った。


喜兵衛は急ぎ足で能登屋に戻ると、裏手の寅松の住まいに直行した。一刻も早く、水主たちの無事を知らせたかった。

寅松は路地奥の二軒長屋で、女房と一緒に暮らしている。ひとり息子の松太郎も同居だが、今年も彼は神通丸で蝦夷地に出かけていた。

ほとんど走るようにして路地を進むと、寅松が小さな縁側で背中を丸め、握り鋏で足の爪を切っているのが見えた。

昆布の取引からも手を引いて以来、隠居暮らしになった。そのためか急に老けた様子だ。不自由な脚が、もう片方よりも、ずっと細いのも痛々しい。

「寅松」

喜兵衛が呼びかけると、寅松は笑顔を見せた。

「おや、旦那、珍しいですね」

喜兵衛は大股で縁側に近づき、勢い込んで寅松の脇に腰掛けた。

「何ですか、旦那、血相を変えて」

「寅松、よく聞け。長者丸の水主たちが生きていたんだ。蝦夷地の択捉という島に上陸したそうだ」

一瞬で顔色が変わった。

「生きてたって、それじゃ船は？　積荷は？」

「船も積荷も戻らない。でも水主六人が無事だった」

「そうですかい」

寅松は少し安堵の表情になった。

「船も積荷もないなら、抜け荷の証拠はないってことですよね」

「そうだな」

「平四郎は？　平四郎は無事だったんですか。新しく雇った金六は？」

「はっきりはしないが、帰ってきたのは水主だけらしい」

「そうですか。責任を感じて自害でもしたんでしょうかね」

「わからん」

喜兵衛は首を横に振ったが、そうでないことを祈っていた。

寅松は狭い庭先に目を向けた。

「あの連中、余計なことは言わねえだろうな」

喜兵衛は、あえて軽い口調で答えた。

「大丈夫だ。私は、やつらの口が硬いと信じてる。とにかく生きていて、よかった」

寅松は縁側に目を落とすと、さっきまで切って飛ばしていた爪の欠片を拾って、庭先に投げた。

「それにしても、なんでうちの息子は、何も言ってこねえんだ？　そんな大事なことは、蝦夷地で評判になってるだろうに」

今ごろ松太郎は、昆布の買い付けで、コタンまわりをしている時期だった。

喜兵衛は首を横に振った。

「まあ、蝦夷地は広いし、何でも耳に入るわけではないだろう」

幕府の情報だけに、内密にされている可能性も高い。

寅松は握り鋏を背後に置いて、首だけをこちらに向けた。

「旦那、前から言ってますが、何か、まずいことになったら、俺が責めを負いますからね」

喜兵衛は頬を緩めた。

「何を言ってる？　能登屋の主人は私だ。だいいち、まずいことになんかならないさ。抜け荷を運んだ証拠はないんだ」


すぐにでも六人を迎えに行きたかったが、いつ江戸に移されるのかがはっきりしない。

秋風が吹き始めるとともに、反魂丹役所の山本権之丞から「そろそろらしい」と知らせがあり、一緒に江戸に向かうことになった。

街道を進んで町から外れ、稲田の只中に入ると、山本が下がり眉の顔を寄せて言った。

「長者丸のことではないが、そなたの耳に入れておかねばならぬことが、もうひとつ江戸屋敷から知らせてきた」

「何でございましょう」

「ここのところ、薩摩の様子がおかしいそうだ」

「おかしいとは？」

「前の殿さまが亡くなられてから、次のお世継ぎの件で、ずっと揉めているらしい」

前の殿さまとは蘭癖大名の島津重豪だ。調所を抜擢した当人でもある。八十九歳の長寿で亡くなって、はや十年になる。

今は重豪の孫に当たる島津斉興(なりおき)が、藩主を務めている。しかし、その次が決まっていないという。

候補はふたりいて、どちらも現藩主の子だった。

片方は斉彬(なりあきら)といって、母親が正室で、すでに三十代半ばだが、幼いころから聡明で、曽祖父の重豪が可愛がり、いずれは藩主にと望んでいたという。斉彬自身も曽祖父の重豪を尊敬し、蘭癖を引き継いでいる。

もう片方の久光は側室の子で、一時は家臣の家に養子に出たこともある。本来なら斉彬と対立するほどの立場ではないが、調所は久光を押しているという。

「明らかに斉彬どのの方が格上だが、ただ問題があるらしい」

「問題とは?」

「斉彬どのが調所どののやり方を認めぬそうだ。正義感が強く、密貿易など、もってのほかと仰せで、その点が調所どのと相入れぬ」

一方、妾腹の久光なら、調所に文句は言わないという。

「表向きは、斉彬どのが蘭学好きで、重豪さまのときのように金を使うのではないかと、調所どのが警戒していることになっているが、本当の鍵は密貿易にある」

「となると、もし斉彬さまが跡を継がれたら、私どもとのご縁は、なくなるわけですね」

喜兵衛の問いに、山本は苦い顔で答えた。

「そういうことだ。下手にお家騒動にまで広がったりすると、そなたも巻き込まれかねん。心しておけ。ただし」

「ただし？」

「この話も、われらには関わりない。わかっていような」

「もちろんです」

何もかも富山藩は無関係だと、その点が山本には何より大事だった。


江戸に着くなり、山本権之丞は富山藩邸に、喜兵衛は小石川春日町の大黒屋に、それぞれ入った。

大黒屋は表通りの角地に建つ大きな町家で、店の壁一面に、大きな薬箪笥が設られており、町人相手に富山の薬を売っている。

奥には、いくつもの座敷があり、薬売りたちが関東各地に出かける際に、足掛かりにする定宿でもある。鹿児島における越中屋と、ほぼ同じ役割だ。

喜兵衛は旅装を解き、身なりを改めてから、富山藩邸に挨拶に行った。藩邸は本郷の加賀藩邸の裏手、不忍(しのばず)の池側にある。

さっそく山本が出てきて言った。

「まもなく六人は江戸に着くそうだ」

すでに幕府の御用船で、蝦夷地から江戸に向かっているという。

「罪人ではないゆえ、投獄はされぬことになった。身柄は、こちらに下げ渡していただける」

喜兵衛は胸を撫で下ろした。しかし山本は表情を和らげない。

「ただし林大学頭(だいがくのかみ)さまが聞き取りをなさるゆえ、すぐには富山に帰れぬ」

外国関係の情報は、幕府の御用学者である林大学頭が、すべて掌握しており、今回も六人の聞き取り調査に当たるという。

「その間、信用できる宿に泊まらせよ。大学頭さまの湯島のお屋敷から、なるべく近い宿がよい。呼び出しを受けたら、すぐに参上できるように」

喜兵衛はかしこまって答えた。

「でしたら小石川春日町の大黒屋なら、ちょうどよいかと存じます。こちらのお屋敷からも、湯島からも近うございますので」

「大黒屋か。あそこなら主人も、もとは富山の出だし、信用できるな。六人を受け入れる手筈を整えさせよ」

喜兵衛が大黒屋に戻って待っていると、九月二十二日に、また山本から知らせが来た。蝦夷地からの御用船が着いたという。

船着場のある霊岸島に、急いで駆けつけた。指定された船宿で聞くと、御用船は沖泊まりで、上陸用の艀舟は、まだ着いていないという。

ほどなくして山本と数人の武士が、馬に乗って現れた。その中央にいる人物に、喜兵衛は目を見張った。

富田兵部だったのだ。十年ほど前に、富山藩主と真国寺で謁見したときに、詳しく説明してくれた人物だ。

もう三十代になったはずだが、相変わらずの美丈夫だった。武芸の鍛錬も欠かさぬようで、筋肉が引き締まり、涼やかな目鼻立ちも変わらない。

あのときは若いながらも藩の勘定奉行だったが、今や江戸詰の家老にまで出世していた。

それが馬から降りながら、気軽に話しかけてくる。

「能登屋、久しぶりだな」

喜兵衛は深く腰を折って挨拶した。

「富田さまも、お変わりなく」

密貿易について、富田も承知しているのは疑いない。だからこそ長者丸の水主たちの帰国を重く見て、みずから船着場まで迎えに出てきたのだ。

一同が岸壁に立って待つうちに、沖合から、十数人が乗った艀舟が近づいてきた。

舳先と船尾近くには、幕府の役人らしき男たちが座っていたが、中ほどの六人の姿に、喜兵衛は息を呑んだ。

全員が蓬髪を首の後ろで束ねており、髷を結っていない。髭も伸び放題で、顔の半分が覆われていた。

さらに近づくと、見たことのない服を着ているのが見えた。日本の着物は失ったらしい。

しかし、その服でさえ、ぼろぼろだった。どれほど苦労したかが推しはかられる。

上陸すると、随行の幕府の役人から富山藩へと、身柄が引き渡されることになった。

役人同士で書き付けが交わされる間、喜兵衛は黙って、ひとりひとりの顔を見た。しかし髭面なのと、五年もの歳月のせいで、だれがだれだかわからない。

それでも見つめているうちに、面影が読み取れた。次郎吉、六兵衛、太三郎、七左衛門、金蔵だった。消息を絶った当時、水主たちは二十代前半が多かったが、それぞれ五歳ずつ年を重ねていた。

中でも七左衛門という水主は、今年二十七歳のはずだが、ひどく顔色が悪かった。よほど体調が悪いようで、仲間の肩を借りて、かろうじて立っている。

もうひとり髪に白いものが混じる男がいた。水主ばかりと聞いていたが、よく見ると、船親司の八左衛門だった。

やつも生きていたかと、喜兵衛の心に、新たな喜びが湧く。全員が富山人だが、特に八左衛門は無口で、余計なことは話さない。

やはり平四郎はいなかった。あのとき新たに雇い入れたという、金六らしき顔もない。

いちばん前にいた次郎吉という三十がらみの水主が、喜兵衛に気づいて目を見張り、すぐに顔をゆがめた。

以前から目端の聞く水主だった。遭難以来、見知った顔に会うのは初めてらしい。今にも泣き出しそうだった。

ようやく引き渡しの段取りが終わり、富田兵部が進み出て六人に声をかけた。

「よくぞ無事に帰ってきた。苦労をしたであろう。能登屋が、富山ゆかりの宿を用意しているゆえ、久しぶりに国許の言葉を聞いて、ゆっくりするがよい」

いかにも身分の高そうな侍に、何を言われるかと、六人は怯えていたが、予想外の穏やかな言葉に、六人とも呆けたような顔になった。

それから喜兵衛に引き合された。すると次郎吉だけでなく、ほかの五人も気づいて、駆け寄ってきた。

「旦那、来てくれたんですか」

「旦那さん、お久しゅう」

ろくに言葉にはならず、喜兵衛を取り囲んで泣いた。

富田が喜兵衛に言った。

「大学頭さまには、お知らせしておく。落ち着いたら、水主どもの身なりを改めさせて、まずは本郷に顔を見せに来るがいい」

そう言い残して馬にまたがり、本郷の富山藩邸に帰っていった。

それを見送ってから、喜兵衛は六人を猪牙舟に乗せ、隅田川から神田川をさかのぼって、小石川の大黒屋に向かった。


その夜は大黒屋で風呂に入れ、浴衣に着替えさせて、まず髭を剃らせた。

すると見覚えのある顔が現れた。しかし五歳どころか、十も二十も老けた者もいた。

大黒屋には、ほかの薬売りたちも泊まっており、六人は故郷の言葉を懐かしがって、また涙した。

夕食に、なれずしが出ると、六人とも泣きながら食べた。鯖の切り身などを、蕪の薄切りで挟んで、麹で漬け込んだ富山の郷土料理だ。

だが七左衛門が腹を押さえて苦しがり、仲間が便所に連れて行った。急に食べて、腹を下したらしい。

急いで下痢止めを飲ませて寝かせたが、ずいぶん前から体を壊しているという。

翌日、泊まり客が出払うと、喜兵衛は襖を全開にし、天井裏と縁の下も確認してから、これまでの事情を聞いた。

すると船親司で口の重い八左衛門に代わって、次郎吉が答えた。

「択捉でも松前でも、いろいろ聞かれたけれど、俺たちは」

そこまで話して周囲を見まわし、だれにも聞かれていないのを、もういちど確かめてから、声を低めた。

「俺たちは、例のことは、いっさい話していません。普通の北前船として、下関まで昆布を運ぶつもりだったけれど、たまたま風向きが悪くて、三陸側に流されてしまったことにしました」

三陸の田之浜と、仙台近くの唐丹の二港に寄港したが、それも流されたためだと説明したという。

「もちろん、最初から東まわりのつもりで、船出したんですけどね」

平四郎が雇い入れた金六は、出航当初は自信満々だったという。

だが唐丹出港後、嵐で陸に戻れなくなると、金六は船内で孤立した。ほかが全員、富山人なのに、金六だけが越後出身で、馴染みにくかったせいもあるという。

「大海原の只中で、平四郎さんから責められて、金六さんは、よほど責任を感じたみたいでした。ある朝、気がつくと、船からいなくなっていたんです。夜のうちに海に飛び込んだみたいで」

喜兵衛は思わず眉をひそめた。

「なんと、痛ましいことを」

その後、通りがかったアメリカの捕鯨船に、全員で必死に合図を送り、なんとか助けられたという。

「それは鯨捕りの船で、マウイという島に上陸したんです。大海原の只中の島だったけれど、港は、ずいぶん賑わっていました」

平四郎が病気で死んだのは、その島だったという。

「平四郎さんは死ぬ前に言ったんです。もし日本に帰れることがあって、無事に富山に帰りたければ、抜け荷については、けっして話すなと。いったん口にしたら牢に放り込まれて、一生、出られない。下手をすれば、死罪だと」

とにかく船が風に流されただけで、後は何も知らないと言い張るよう、固く約束させられたという。

「けど」

次郎吉が言い淀むのを、喜兵衛は促した。

「けど?」

「俺たちが日本に帰ってきたら、旦那に迷惑がかかりはしないかって、俺は、それが気がかりで」

喜兵衛は首を横に振った。

「迷惑なものか。おまえたちが無事で、よかったと思っている」

「本当に、そう思ってもらえますか」

「本当だ」

また次郎吉は涙ぐんだ。

「そう言ってもらえて、ありがたいです」

ほかの仲間たちも泣いた。

翌日は大黒屋の女衆に、体裁(ていさい)のいい古着を買って来てもらい、六人に着せた。髪結も呼んで、髷も結ってもらった。すると、たがいに顔を見合わせて、ようやく笑い声が出るようになった。

だが、やはり七左衛門は具合が悪そうで、大黒屋に医者を呼んでもらった。往診に来た医者は苦い顔で、喜兵衛に言った。

「胃だけでなく、あちこち痛がるので、かなり悪いようです。先は長くはないでしょう」

聞きたくない言葉だった。ここまで帰ってきたというのに、まして、まだ二十代の若さだ。

翌日、七左衛門だけを大黒屋に預け、残りの五人を、富山藩邸まで帰国の挨拶に連れて行った。

ふたたび富田兵部と会うと、大学頭の屋敷には、自分も同行するという。

喜兵衛は思い切って頼んでみた。

「申し訳ありませんが、七左衛門は、もう先が長くないようなので、ひとりだけ先に、富山に帰らせてはいけませんか」

「そうか。それは哀れだな」

富田は幕府に伺いを立ててくれると、約束してくれた。


ふたたび喜兵衛は、五人を連れて富山藩邸に出向き、そこで富田一行と合流してから、湯島にある林大学頭の屋敷におもむいた。

富田は行きがけに、大学頭について説明してくれた。

林家は徳川家康に召し抱えられた林羅山が初代で、今の大学頭は九代目の林檉宇だという。代々、幕府の学問所の学長も務めている。

もともと漢学の専門家だけに、中国情勢に詳しい。それで中国経由の海外情報が集まるようになり、種子島の鉄砲伝来以来の歴史を、何代にも渡って詳細に調べ、公式文書としてまとめ続けている。

その流れで、新たに長崎に入港するオランダ船からの西洋情報も、今回のように海外から戻った漂流民の聞き取りなども、林家が担当するという。

幕府内に外国に関わる役所がないこともあって、海外関係は、すべて林家に任せられていた。

湯島の屋敷に着くと、富田以下、喜兵衛たちは座敷に通されて待った。

上座の左右に右筆などが居並び、ものものしい雰囲気になって、水主たちは、すっかり萎縮してしまっている。

最後に大学頭が現れて上座に着いた。富田が喜兵衛を紹介した。

「この者は、長者丸には乗っておりませんでしたが、船主の能登屋喜兵衛でございます。その隣が次郎吉と申す水主で、ご質問には、この次郎吉が答えます」

ひとりずつ順番に名前を聞かれてから、大学頭は箱館を出港して以来の顚末を聞いた。

予定通り次郎吉が、緊張の面持ちながらも、しっかりと答えた。

「北前船の航路を行こうと思いつつも、不本意にも強い風に押されて、三陸側に出てしまい、大海原に流されました」

大学頭は先を促した。

「流されてから、異国船に助けられるまで、どうしていたのじゃ」

「何日も漂流して、飲み水が空になると、雨水を集めて飲み、積荷の昆布を食べて飢えをしのぎました。しかし喉の渇きから、次々と立ち上がれなくなり、ふたりが息を引き取り、越後人の金六さんが、錯乱して海に飛び込みました」

流されて五ヶ月目のことだったという。

「でも、そのわずか十日後でした。鯨採りの異国船が近づいてきて助けてくれたのは」

それから五ヶ月間は捕鯨の手伝いをして、南国のマウイ島に上陸。そこで十一ヶ月を過ごすうちに、平四郎が病を得て他界したという。

「そのころには、なんとか言葉も通じるようになったので、残った六人で、カムチャツカというところに向かう船に乗りました」

カムチャツカは北方にある大きな半島で、ロシア人が黒貂やミンクなどの小動物を求めて、進出しているという。

「カムチャツカの突端から蝦夷地までの間には、島が点在していると聞いて、島伝いに帰れるのではと行ってみたのです」

だが期待は虚しく、その後もオホーツクというロシアの西岸に渡ったり、東のアラスカに行ってみたりと、船に乗せてもらっては、北の海辺を放浪したという。

「その間に、今度は七左衛門が体を壊しました。でも、なんとか励まし続けて、六人でロシアの船に乗せてもらい、択捉島で降ろしてもらった次第です」

大学頭は不思議そうに聞く。

「その間の船代は、どうした？ 鯨取りの手伝いでもしたのか」

「いいえ、アメリカ人もロシア人も、とても親切で、ただで乗せてくれました」

「親切にする理由は何だ？ 何か頼まれたであろう」

次郎吉が口ごもると、大学頭が促した。

「正直に申せ。何も罰せぬゆえ」

富田も促す。

「ありのままに、お伝えすればよい」

次郎吉は意を決したように口を開いた。

「異国船が飲み水などを得られるよう、日本の港を開いて欲しいとのことでした。そう、お上に申し上げてくれと頼まれました。でも俺たちには、そんなことはできないと断りましたが、こんな土産も持たせてくれました」

次郎吉は持参した木箱から、時計を取り出した。日本に帰ったら領主に渡すようにと、ロシア人がくれたという。

大学頭は時計を手にして、まじまじと見てから、富田に返した。

「これは富山の殿に、お渡しするがよい。ロシア人が、そのように申したのだから」

それから大学頭は、捕鯨について詳しく聴き始めた。なぜ鯨を採るのか、どのくらい捕鯨船がいるのかなどを、矢継ぎばやに質問する。

次郎吉は言葉を選びながら説明した。

「鯨は食べるためではなく、黒い皮の下に、分厚い脂身があるので、船の上で煮溶かします。それを樽に詰めて、本国に持ち帰り、灯りの油として用います」

豊漁が続くと、飲み水だけでなく、煮溶かすための薪も足りなくなり、その補給港を日本に求めているのだという。

それからも大学頭は、あれこれと質問し、昼食を挟んで夕方まで聞き取りを続けた。

それでも充分ではなく、今日の話をまとめ終えたら、また後日、話を聞くから、江戸に残っているように命じた。

富田が、病人の七左衛門だけでも先に帰国させたいと頼むと、大学頭は老中に話しておくと答えた。

だが許可が下るのを待つ間に、七左衛門の病状は、どんどん悪化していった。

全身の痛みを訴え、もう富山までの長旅は無理だった。まして季節は冬に向かい、峠道は雪に閉ざされる。

強い痛み止めを飲ませると、七左衛門は、うとうとと眠る時間が長くなった。ときおり目を開けると、仲間たちが懸命に励ました。

「七左衛門、頑張れ。今まで、いろんなことを乗り越えて、せっかく江戸まで来られたんだ。一緒に富山に帰ろう。あとちょっとだ」

七左衛門は、うつろな表情で、かすかにうなずくばかりだった。

だが喜兵衛が枕元に座ったときに、突然、しっかりした口調で言った。

「俺は、悔いはない」

死を覚悟した言葉に、看病していた仲間が慌てた。

「いや、諦めないでくれ。きっと、もうすぐ富山に帰れるから」

だが七左衛門は、かすかに口元を緩め、ゆっくりと目を閉じた。それから二度と目覚めることはなかった。

喜兵衛は七左衛門を哀れむと同時に、こんなふうにして平四郎も死んでいったのだろうかと思った。水主たちから励まされ続けたに違いない。せっかく異国船に助けられたのだから、なんとか頑張って日本に帰ろうと。

それでも命つきるのを、どうすることもできず、さぞや無念だっただろうと思う。

大海原の只中の島で葬られ、そのまま、だれからも顧みられずに、平四郎は異国の土になったのだ。

それから比べれば、なんとか七左衛門は日本まで帰ってこられた。だからこそ「悔いはない」と言ったに違いない。

あれは、連れて帰ってきてくれた仲間たちへの感謝の言葉にほかならない。

しかし、こうなってみると、喜兵衛としては新たな悔いが湧く。

これほどの犠牲を重ねてまで、密貿易の片棒を担ぐべきだったのか。まして、これからも続けるべきなのかと。

だが現実は、今さら辞められるわけがない。今や富山の薬売りたちが扱う薬種は、ほとんどが琉球経由の品なのだ。

それによって良薬を安く提供し、多くの病人たちを助けており、薩摩藩の財政立て直しにも寄与している。

それに、これからは薩摩藩が西洋式の軍備を整えて、世の中の大改革に乗り出すと、調所は胸を張る。

薩摩藩内の世継ぎ問題は気になるものの、それとは別に、昆布輸送は、どうしても続けなければならない使命だった。


残った五人への聞き取り調査は、それからも五月雨式に続き、いっこうに帰国許可は下りなかった。

そこで喜兵衛は五人を大黒屋に預けて、冬の最中に、ひとりで先に富山に帰った。そして豪雪をついて、水主たちの実家を一軒ずつ訪ね歩いた。

五人の家族は帰国の知らせに喜んだが、死んだ者の家では、喜兵衛は悔やみをのべるほかなかった。

ただし長者丸が消息を絶って五年が過ぎているだけに、どこの家でも、すでに死んだものとして供養されていた。

大黒屋で死んだ七左衛門の家は、富山の西、射水の放生津という浜沿いの漁師町にあった。海からの寒風が吹きすさぶ。

せっかく帰国したのに連れ帰れなかったと伝えると、老いた母親は泣いた。

だが漁師をしている兄は、気丈にも喜兵衛に礼を言った。

「わざわざ旦那に知らせてもらって、ありがとうございます。船乗りは明日の命も知れない稼業だから、家族にも覚悟はできています。江戸まで戻ってきて、あとちょっとで死んだのは可哀想だが」

兄は洟をすすった。

「でも初めて長者丸に乗ったときから、あいつは大喜びだったんです。家族だけには話していました。昆布を運んで、いい薬種を手に入れるんだから、大勢の人の役に立つ立派な仕事だって」

さらに目元を拭った。

「だから、あいつには悔いはなかったはずです。それほど大事な仕事に命をかけたのだから、満足して死んだでしょう」

喜兵衛は胸を突かれる思いがした。七左衛門が「悔いはない」と言ったときに、それは仲間への感謝の言葉だと思った。

でも、それだけではなく、昆布輸送に命をかけたことへの達成感でもあったのだ。

だから喜兵衛が枕元に座ったときに、そう告げたに違いない。ほかならぬ喜兵衛にこそ「悔いはない」と伝えたかったのだ。これもまた満足な死に方だったのかもしれない。

射水から富山城下に戻る際に、神通川の舟橋を渡った。すると厚い雪雲が晴れ渡り、いつになく立山が美しく見えた。

その山影に向かって、喜兵衛は誓った。やはり昆布輸送は続けようと。

調所から、もういいと告げられるまで、もしくは海外との自由貿易が始まるまで、やり抜く決意を新たにした。


水主たちが江戸の大黒屋に入ったのが、天保十四（一八四三）年で、翌年、元号が弘化に変わった。

しかし、なおも帰国は許されなかった。

もしかして、やはり抜け荷の疑いをかけられているのかと、疑心暗鬼にもなる。だが林大学頭からの質問は、西洋の船や暮らしぶりに集中して、抜け荷には触れてこない。

喜兵衛は水主たちの世話を、もういちど大黒屋に託し、例年通り、薩摩藩の大坂蔵屋敷におもむいた。

そして調所広調に水主たちの帰国と、大学頭による聞き取りについて報告した。調所は、すべて聞き終えてから言った。

「よく無事に帰ってきたし、口を割らずにいるのは立派だ。このまま富山に帰れるまで、頑張り通してもらいたい」

翌弘化二年の秋にも大坂蔵屋敷を訪れると、調所は琉球について興味深い話をした。

「一昨年から立て続けに、イギリスとフランスとオランダの軍船が、相次いで琉球にやってきた。今までにないことだが、琉球はフィリピンや台湾から北上してくる船には、いい足掛かりになる」

欧米諸国は琉球王朝との貿易を始めたがっているという。

「オランダの軍船は琉球を出た後、長崎にも現れたそうだ。オランダ国王から幕府宛の正式な書簡を持ってきたらしい」

内容は開国勧告で、オランダ以外の欧米各国とも友好関係を結ぶよう、幕府に勧めたという。

「いよいよ世界が大きく動き始めている。しかし幕府は取り合わぬ。愚かなことだ。こうなったら琉球の港を、いち早く世界に向けて開けさせ、それを幕府が追いかけるのも手かもしれぬ」

琉球は薩摩藩の影響下にあり、開港を促すのも不可能ではないという。

「だが安易に港を開けば、琉球を乗っ取られる恐れもある。それを避けるには、どうしても異国に負けぬ軍備が要る。大砲も必要だし、蒸気船も持たねばならぬ。そのために先立つものは金だ。まだま だ、そなたらには働いてもらわねばならぬ」

喜兵衛は思い切って聞いてみた。

「しかし島津さまの御家中には、密貿易に反対する方々も、おいでになるのではありませんか」

それは次期藩主候補の島津斉彬のことだった。すると調所は片頬で笑った。

「まあ、そうだな」

そして観念したように言った。

「さすが薬売りは諸国を歩いているだけに、地獄耳だな」

それから、ひとつ溜息をついた。

「今、密貿易をやめたら、年貢を上げねばならぬ。下手をすれば、また借金地獄に逆戻りだ。これから異国に対抗するには、まだまだ金が要る。きれいごとではすまされぬのだ。それがわからぬ者が、あまりに多い。困ったものだ」

ふいに調所は襟元から、細紐を引き出した。その先には繋がる小さな竹筒を、喜兵衛に向かって差し出した。

「また、これを頼む」

喜兵衛は、うやうやしく受け取った。

中身は以前に渡した烏兜の粉末だ。毎年、新しいものと交換している。

毎年のことになるだけに、緊張感が失せ、調所のお守りくらいの意識で、今年も新しいものを手渡した。


翌弘化三年になっても、次郎吉ら五人の帰国は許されなかった。

度重なる異国船の琉球来航の影響で、林大学頭の聞き取りが細部にまで渡り、いつまでも解放してもらえないのだ。

ただ、ときおり大学頭の屋敷に呼ばれる以外は、水主たちにはやることもなく、来る日も来る日も大黒屋に幽閉同然だった。

働くことはもとより、ろくに外出もできず、酒と博打しか憂さ晴らしがない。宿代も膨れ上がるばかりだ。

帰国した当初は、漂流を思い出しては「二度と船には乗りたくねえ」と言っていたのに、「早く海に出てえ」と、ぼやくようになっていた。

喜兵衛は富山藩邸に日参し、五人の帰国を取り計らってもらえるよう頼んだ。親藩である加賀藩や大学頭にも多額の付け届けを持って行った。

幕府の上層部にも袖の下が必要だと匂わされれば、思い切った金額を包んだ。なんとしても五人を富山に帰してやりたかった。

とにかく「峠に雪が積もる前には」と奔走した結果、弘化三年の秋になって、とうとう帰国が認められた。江戸滞在は丸三年に及んだ。

喜兵衛は五人を連れて、ようやく江戸を後にした。富山藩からは山本権之丞を始め、十数人もの藩士たちが護衛として同行した。

一行は東海道を西に向かい、名古屋から北上して、高山からは飛驒街道を進んだ。すでに峠は雪道になっていたが、故郷が近づくにつれて、五人は笑顔になっていった。

富山の城下町に入ると、まず城内に帰国の報告におもむき、それから喜兵衛は五人の実家に、ひとりずつ送り届けた。

どこも海辺の漁師町だった。どの家でも迎える側も迎えられる側も、涙で再会を喜びあった。

だが長い歳月が過ぎており、親が死んでいたり、子供が父親を忘れていたりは当たり前だった。もう夫は死んだものとして、女房が別の家に再縁した者さえいた。

まさに悲喜こもごもの帰宅を、喜兵衛は目の当たりにした。

能登屋に帰ると、寅松が不自由な足を引きずりながら店に現れた。長者丸の五人の帰国は、すでに町中の評判になっており、それを聞いて待っていたという。

喜兵衛は女房のお多賀に酒の用意をさせて、久しぶりに寅松と差し向かいで呑んだ。

寅松が喜兵衛に酌をして、昔から変わらない気安い口調で言った。

「五人とも無事に帰れて、家族は喜んだでしょう」

喜兵衛も酌を返した。

「そうだな。喜んではいた」

寅松が相手だと本音が出る。

「ただ女房が、ほかに再縁していたり、子供が父親の顔を覚えていなかったりで、本人たちは楽しみにしていただけに、哀れでもあった。それに十人で船出して、帰って来たのは、わずか五人だ。明日から、帰って来られなかった者の家を尋ねてみるが、さぞや落胆しているだろう」

犠牲になった者の家族にこそ、気を遣いたかった。

だが寅松は首を横に振った。

「いや、今さら落胆ってことはないでしょう。もう、とっくに死んだものとして、諦めてただろうし。それに何だかんだあっても、五人は無事に家に帰れたんだから、めでたいことです。抜け荷の件も取り沙汰されずにすんで、本当によかった」

寅松は直接、密貿易に関わっていただけに、その点を何より気にかけていた。

喜兵衛は盃を、ひとすすりした。

「まあ、林大学頭さまは異国のことを、お知りになりたい様子で、抜け荷のことは聞かれずにすんだ。

それは何よりだった」

「でも薩摩のお国許では、お世継ぎのことで揉めているのでしょう。調所さまも巻き込まれているとか」

「やはり耳に入っていたか」

「ああ、息子から聞きましたよ」

松太郎は、今なお神通丸で薩摩に昆布を運んでおり、薩摩藩の詳しい事情をつかんでくる。

喜兵衛は盃を手にしたままで言った。

「まあ、抜け荷の件は、このまま何とか収まってくれるといいのだが」

それから酒が進んで、寅松が笑顔で言った。

「そういえば、旦那の末のお喜与ちゃん、嫁入りは、まだですかい。いや、もう、お喜与ちゃんなんて呼べないな。すっかり、べっぴんさんに育って、お喜与さんだ」

最初に昆布輸送の話があったころ、五歳だったお喜与は、もう十九になった。

しかし、どんな縁談が来ても、本人が気乗りがしない様子で、つい先送りになっていた。喜兵衛が可愛がりすぎて、手放したがらないとまで、周囲から噂されている。

寅松が盃を、ひとあおりしてから言った。

「旦那の留守中に、呉服屋が来てましたよ。『娘さんの嫁入り前に加賀友禅の晴れ着でも』って勧めてたけど、女将さんが断ってたね」

富山の嫁入りは、ほかの地方と比べて支度が派手だ。普段はつつましいが、そういうときには豪勢にする。

喜兵衛は苦笑した。

「晴れ着なんて、とんでもない。ここのところ長者丸のことで、さんざん金がかかったしな」

水主たちの宿代や帰国の路銀、富山藩はもとより加賀藩や林大学頭へのつけ届けが、たいへんな額になった。

能登屋の蓄えでは、とうてい賄えず、多額の借金を抱える羽目になった。下手をすれば、店が傾きそうな状況だった。

「情けないことだが、今は娘の嫁入りどころじゃないさ。まあ、いつになっても贅沢なんかさせられそうにないが」

「けど旦那、いずれ嫁に出すときには、晴れ着の一枚や二枚は、無理しても持たせてやった方が、いいですよ。余計な口出しかもしれないが、嫁ぎ先で金に困ったときに、手放せば役に立つし。女将さんだって、能登屋が苦しかったときに、嫁入りで持ってきた着物を、何枚も質屋に流してましたよ」

特に山津波で薬草園が濁流に呑まれた後は、お多賀は何枚もの着物を手放したという。

「これは旦那には内緒だって、口止めされてたんだけどね。もう昔のことだし」

喜兵衛には初めて聞く話で、そんなことがあったのかと意外だった。

ただ、かつて大坂の道修町で見かけた、薬種商の娘たちが頭の片隅に残っている。着飾って浄瑠璃見物に繰り出した姉妹だ。

あの着物代も芝居の席料も、薬代に上乗せされるかと思うと、やはり自分の娘には贅沢はさせられなかった。

翌春の薩摩組の旅には同行せよと、喜兵衛は調所から知らせを受けた。

すでに喜兵衛は六十二歳になっており、久しぶりの長旅には、さすがに不安があった。そのために出発前に、地元で山歩きをして足腰を鍛え直した。

常願寺川をさかのぼって、かつて薬草園があった辺りまで歩いてみた。あのころは谷合いの傾斜地を耕して、高麗人参を大事に育てたものだった。

少しでも川が増水すれば、呑み込まれそうな場所だったが、琉球経由で良質な薬種が手に入るようになって以来、新しく薬草を植えることはない。

そのため、かつての薬草園は影も形もなく、もう森に戻ってしまっていた。

よくぞ、こんなところにと、今では呆れる。こんな場所で、寅松に大怪我を負わせてしまったのが、改めて申し訳なかった。

その後の鹿児島までの長旅は、山歩きの鍛錬のおかげもあって、喜兵衛は仲間に遅れを取らずにすんだ。

鹿児島城下まで無事にたどり着き、いつも定宿にしている越中屋に入った。

座敷で仲間たちと荷解きをしていると、城から海老原清熙という若い藩士が来て、調所からの伝言を伝えた。

「明日、調所さまが、その方たちを連れて行く村があるゆえ、それぞれ行商に出るのは待てと仰せだ」

眉が濃く、目元の彫が深い、いかにも薩摩顔の若侍だった。

行く先は日置方面だから、そちらに顧客を持つ者は、そのまま行商に行かれるように、薬の荷を担いで行けという。ちょうど喜兵衛の担当方向だった。

翌日、言われた通り、薬の荷を揃えて待機していると、また海老原が馬で迎えに来て、薩摩組全員で出かけた。

城下を離れたところで、調所と従者たちが騎馬で現れて合流した。一同は鹿児島の城下町から北西方向に、薩摩半島を横断する形で進んだ。

日置の町を過ぎ、またしばらく進むと、街道から少し外れて、鬱蒼とした森に入った。

調所が馬上から、喜兵衛たちに言った。

「この先に焼物の里がある」

こんな深い森の奥にと、いぶかしく思いながらついていくと、雑木林の森が、いつしか竹林に変わった。

急に子供の声がした。続いて五、六歳の少年たちが姿を現した。見たことのない着物姿で、総髪を頭の上で小さくまとめ、額に鉢巻を締めている。

口々に何か言うが、薩摩弁とも違って、不思議な抑揚だった。喜兵衛たちには、まったく聞き取れず、顔を見合わせるばかりだ。

少年たちは調所に気づくと、笑顔になって、両腕を胸元まで持ち上げ、肘から指先までを重ねて頭を下げた。奇妙な礼の仕方だったが、いかにも歓迎している様子ではある。

調所が慣れた様子で、持参の菓子を配ると、いっそう笑顔になって、口々に「カムサハムニダ」と言う。

それから竹林の奥を指さして何か言うなり、いっせいに走って行った。薩摩顔の海老原清熙が、言葉を訳してくれた。

「われらが来たことを、大人たちに知らせに行ったのだ」

喜兵衛が不審に思って聞いた。

「薩摩の言葉では、ないようですが」

調所が笑顔で答える。

「朝鮮語だ。ここの者たちは陶工で、太閤さまの朝鮮出兵のころから、ずっと独自の暮らしを続けている」

薩摩組は一様に驚いた。太閤秀吉の朝鮮出兵といえば、二百五十年も前のことだ。

西国の焼物の里では、先祖が朝鮮から来たという逸話を聞くことがある。薬売りたちは、そんな村にも得意先を持つ。ただ、どこも日本人と変わらない暮らしぶりだ。

だが、ここではいまだに朝鮮語や、独自の服装や挨拶の仕方を保つ人々が残っていようとは、信じがたいことだった。

さらに竹林の小道を進んでいくと、急に木々が途切れて、視界が開けた。ちょっとした広場の先に、瓦葺の屋敷門があった。屋根の傾斜が、少し反り気味で、異国風だった。

調所が、また振り返って言った。

「ここの陶工たちには士分を与えてある。誇り高き職人たちだ」

近づくと、門が全開になり、大人たちが次々と現れて、さっきの子供たちと同じように、笑顔で両腕を重ねて挨拶する。

大人の服装は男女とも、やはり見慣れぬ形だ。話し言葉は、すべて朝鮮語だが、いかにも歓迎している様子は伝わってくる。調所が敬愛されている雰囲気だった。

門内には、何棟もの立派な建物が建ち並んでおり、いよいよ異国情緒が漂う。

案内されて進んでいくと、あちこちで働いていた人々が、急いで作業の手を止めて、次々と同じ挨拶をする。

そのまま奥の作業場に導かれた。

屋内では職人たちが細筆を握って、白い器に、繊細な花や風景、美人画などを描いていた。

別の作業場には、厚手の無骨な焼物も並んでいる。

調所が完成品を手に取って言う。

「能登屋には、ずいぶん前に大坂の蔵屋敷で見せたであろう。これが白薩摩で、こっちが黒薩摩だ」

さらに自慢げに言う。

「黒薩摩は、もともと地元の普段使いだったが、近ごろは江戸で人気が高い。深い黒の色合いが好まれるのだ」

作業場の裏手には登り窯があり、さらに裏には青物の畑が広がって、牛や豚、鶏なども飼われていた。

農作業小屋らしき建物は茅葺で、敷地の外れには土壁が連なる。雨風で土が崩れないように、壁の上にも、細長い茅葺の屋根が乗っており、それが珍しかった。

米は薩摩藩が支給するが、それ以外の穀物や野菜類は、ほとんど自給自足だという。

「こんな窯や作業場や畑まで持つ屋敷が、この近くには、いくつもあり、それぞれが薩摩焼の器を作っている」

まさに朝鮮の生活習慣と焼き物の技術を、変わらずに継承する里で、暮らしぶりは豊かそうだった。

夕方になると、一行は大きな屋敷内に招き入れられて、珍しい酒食を供された。膳からあふれそうに小皿が並び、箸は細い金属製だ。

喜兵衛も仲間たちも諸国を歩き、各地の珍しい料理を知っているが、今までに口にしたことのない料理ばかりだった。

牛や豚の肉料理も出されたが、薩摩人も豚肉を好んで口にする。そのため薩摩組も慣れており、肉食への抵抗は薄い。どれにも舌鼓を打った。

酒は薩摩にありがちな芋焼酎とは異なり、自家製の白い濁り酒だった。白薩摩の徳利から、黒薩摩の湯呑みに注がれる。

言葉は海老原が訳してくれた。

ほどなくして庭先に、煌々と松明が灯されて、余興が始まった。喜兵衛たちは縁側越しに見物した。まず華麗な衣装の少年たちが、次々と現れて、珍しい踊りを披露した。竹林で迎えてくれた少年たちよりも、少し年上で、手足の動きが機敏で、見事に揃っている。

音楽も珍しい楽器で奏でられ、一風変わった太鼓が打ち鳴らされる。

続いて馬の曲乗りも披露された。疾走する馬の背中に、乗り手が立ち上がったり、鞍から大きく身を乗り出したりする。

最後は女たちの踊りだった。揃いの大きな扇を手にしており、それを連ねたり、離れたりして踊る。女たちが、くるくると回転すると、独特な衣装の裾が広がって、いっそう艶やかだった。

喜兵衛は、濁り酒の入った黒薩摩の湯呑みを、膝の前に置いて聞いた。

「楽器や衣装も、二百五十年前から使い続けているのですか」

調所が上機嫌で答えた。

「衣装は、色無地の反物を取り寄せてやれば、自分たちで新しく仕立てる。楽器は、さすがに二百五十年も使い続けるわけにはいかぬゆえ、ときどき対馬経由で、新しいものを取り寄せている。踊りも、昔から変わらずというわけではないらしい」

さらに自慢げに話す。

「わが殿も江戸に参勤なさる際に、ここに立ち寄り、行列の者どもも一緒に、この余興を楽しむのだ」

普段、里の者たちは焼物の出荷や、米の運び込み以外には、外との接触はないという。

「だから今までは富山の薬売りも来ておらぬ。しかし薬がなければ、体を壊しても治せぬゆえ、短命の者が少なくない。今後は、定期的に薬を持って来てくれ」

喜兵衛はかしこまって答えた。

「それは願ってもないことです」

「ここのところ白薩摩は、長崎からオランダに輸出している。出島のオランダ人の話では、絵柄が西洋人の好みだし、かなり売れ行きはいい」

かつて調所は茶湯の心得があり、さんざん贅沢もしたが、藩の財政改革を任されて以来、質素倹約に転じたという。

「こう見えても、こういったものには目利きなのだ。何が売れ筋かも見極められる」

輸出にともなって、白薩摩の生産量を増やしているという。

「そのためには、ここの者たちに、もっと働いてもらわねばならぬ。それゆえ、わしとしては、あらゆる便宜を図ってやりたいし、職人たちの体調にも気を使わねばと思っている」

喜兵衛は調所が歓迎される理由が、そんな気づかいにあるのだと知った。

喜兵衛は、もうひとつ疑問を口にした。

「それにしても、なぜ、このように言葉や独自の暮らしぶりを、ずっと守らせているのでしょうか」

調所は少し首を傾げた。

「この者たちの先祖を、朝鮮から連れておいでになったのは、太閤さまのころの島津家十六代、島津義久さまだ。以来、この状態を守らせる理由は、語り継がれていない。ただ義久さまは、暮らしぶりの異なる国があることを、家中の者たちに、末長く知らしめたかったのではなかろうか」

薩摩藩は琉球を影響下に置いているが、琉球や奄美の島々では、宗教も髪型も食文化も、薩摩本土とは異なる。

だが、それ以外にも、それぞれの文化を持つ国があることを、島津義久は示したかったのではないかという。

「少なくとも、わしは、この里に来て初めて、外国というものを意識した。わしの考えの大元がここにある。外国との関わりや、輸出や、ものを作って売ることや、何もかもだ」

だからこそ調所は薩摩組に、この里を見せたかったのだという。

喜兵衛はアイヌのコタンを思い出した。北にも異文化の地があり、南には琉球文化があり、さらに、ここには朝鮮半島から切り取られた里が存在する。

外国というものは、普段の暮らしとは縁がない。だが、ここに来れば、日本以外の国があることを強く意識できる。単に焼き物を作るだけでなく、大きな意義を教えてくれる場所だった。

調所は薩摩組ひとりひとりに目をやって言った。

「今まで、ずっと能登屋一軒で、昆布の買い付けと輸送をさせてきた。だが、やはり薩摩組全員で担わぬか。ここのところ異国船の来航が増えている。日本が国を開く日は近い。その日に備えて、船を増やしたいのだ。それに長者丸の件で、能登屋が負った借財も、何とかしてやりたい」

金盛仙蔵が濁り酒を置いて答えた。

「そのことは、前から私たちも話しておりました。能登屋さんの借財も、いつまでも喜兵衛さんひとりに負わせるつもりはありません。改めて仲間内で、前向きに相談したいと存じます」

喜兵衛としては、負債のことを薩摩組の仲間たちが気にかけてくれようとは、思いもよらなかったが、ありがたい申し出だった。

酒宴がお開きになり、それぞれ寝泊まりする部屋に案内された。

寝床につく前に、喜兵衛は飛び石を伝って、別建ての厠(かわや)に立った。用を足して出てくると、妙齢の女がひとり、飛び石のところに立っていた。

真剣な眼差しと手振り身振りで、必死に何か訴えかけてくる。酔いが覚める思いで、手の動きを見ていると、小さな人の姿を、しきりにかたどっている。子供のことらしい。

それから腹を抱えて顔をしかめ、片頬に両手を揃えて、そちら側に頭を傾げる。額に汗をかく仕草もする。それを何度も繰り返す。

どうやら自分の子供が、腹痛と発熱で寝込んでいるらしい。それも、ただならぬ表情からして、かなり悪そうな様子だ。

喜兵衛は医術を学んだことはない。でも顧客を訪ね歩いているうちに、病人に出会い、選んでやった薬が効くことは度々だ。

それに自分が幼いころに病弱だったからこそ、子供の病気は見過ごせない。

「わかった。とにかく診てみよう」

喜兵衛がうなずくと、女は先に立ち、急ぎ足で歩き始めた。月が明るく敷地を照らしている。

だが背後から語気鋭く呼び止められた。振り返ると、宴席にいた男だった。

海老原も一緒で、異国風の提灯を手にしている。なかなか戻らない喜兵衛を案じて、ふたりで探しに来たらしい。

女は立ちすくんでいる。明らかに怯えていた。男は大股で女に近づき、とがめるような口調で何か言い立てる。

喜兵衛は海老原に聞いた。

「何を話しているのですか」

「大事な客人に、失礼なことをするなと」

男は一転、喜兵衛に向き直って、何度も頭を下げる。

「妻が余計なことをしたと、失礼を詫びています。お疲れでしょうから、もう、お休みくださいと申している」

ふたりは夫婦だった。

喜兵衛は海老原に向けた顔を横に振った。

「いや、戻るわけにはいきません。どうやら子供が病気らしいのです。ちょっと薬をみつくろってやりたいのですが」

男は、また何か言い立てる。海老原が事情を合点して、喜兵衛に説明した。

「この里の者たちは、私たちよりも、ずっと病気を恐れる。治療の手立てがないし、流行り病ではないかと、いちいち案じるのだ。以前、外から疫病が入り込んで、いちどに大勢が亡くなったことがあるのでな」

外との交わりがないだけに、免疫を持っておらず、拡大が深刻だったらしい。以来、どんな病気でも、すぐに隔離するのが、里の掟（おきて）になったという。

それまで黙っていた女が、再び懸命に訴えかけてきて、それを阻もうとする夫と口論になった。

海老原が割って入り、喜兵衛に伝えた。

「やはり、このふたりの子供が、何日も腹下しで寝込んでいるようだ。母親は診て欲しいと言うし、父親の方は流行り病だと困るので、大事な客人に会わせてはならないと申している」

「いえ、私なら大丈夫です。子供のころに、たいていの流行り病には、かかっていますから。もう、かからないはずです。とにかく私ひとりで診てみましょう」

なおも男は心配顔だ。まだ年若い父親で、里の掟にこだわっていた。

喜兵衛はかまわずに、海老原から提灯を受け取り、女を促して歩き出した。海老原も父親も後ろからついてくる。

着いた先は、昼間の農作業小屋よりも、なお敷地の外れの小屋だった。引き戸を開けると、闇の中から、子供の弱々しい声が聞こえた。

喜兵衛は、海老原たちには外で待っていてもらい、ひとりで中に入った。中は、むっとするほど悪臭が漂っている。

提灯で照らしてみると、子供が布団にくるまって、ふるえていた。近づくにつれて異臭が強まる。どうやら下痢の始末ができていないらしい。

提灯の明かりで、憔悴しきった顔が浮かぶ。さらに近づいて、手首をつかんでみた。明らかに熱がある。そのまま脈を診たが、かなり弱々しい。

このままでは危ない状況だった。哀れさに心が痛む。ただし手足に斑点などは出ておらず、少なくとも疱瘡や麻疹ではない。

喜兵衛は開け放ったままの引き戸を振り返って、海老原に聞いた。

「何日くらい、腹を下しているのか、母親に聞いてください」

すると、もう四日も続いているという。

「その男に頼んで、私の薬の荷を持ってきてもらってください。母親には流行り病ではなさそうだから、入ってきて大丈夫だと伝えてもらえますか」

若い父親が駆け出していく足音がした。母親は入ってくるなり、子供に駆け寄った。

喜兵衛は海老原を介して指示した。

「子供の尻をきれいにしてやって、着物を着替えさせ、もっと風通しのいいところで寝かせなさい」

母親は大きくうなずき、子供の手を握りしめた。

子供は、か細い声で何か聞く。海老原が言いにくそうに意味を伝えた。

「自分は死ぬのかと、聞いている」

喜兵衛は子供の気持ちを察した。年若いほど死は恐ろしい。喜兵衛自身、幼いころに何度も怯えたものだ。

だからこそ力強く励ました。

「大丈夫だ。死にはしない。よく効く薬があるから、かならず治る」

もういちど子供が小声で何か聞き、海老原が訳した。

「また踊ったり、絵を描いたりできるようになるかと、聞いている」

よく見れば、さっき宴席で踊りを披露した少年たちと同じくらいの年齢だった。

母親が、この子は絵が得意で、先々は白薩摩の絵師になりたがっていると話した。

喜兵衛は少年に向かって答えた。

「できるとも。踊りも絵も。私も子供のころは何度も大きな病気をしたが、今では、こうして長旅もできる」

母親が安堵のあまりか、声をあげて泣き出した。

そうしているうちに父親が走って戻ってきた。肩で息をしながらも、薬の荷を大事そうに抱えている。

喜兵衛は下痢止めと熱さましの小袋を取り出して、それぞれの絵を見せた。

「これを今すぐ、ひと粒ずつ、湯ざましで飲ませなさい。明日の朝、目が覚めたら、また、ひと粒ずつ」

それから二枚貝に詰めた膏薬も手渡した。

「尻が赤くただれているでしょうから、きれいにしてやってから、これを薄く塗ってやってください」

父親にも、こんなところに寝かせていてはいけないと注意すると、真剣に聞き入って、すぐに子供を抱き上げた。そして、かならず言われた通りにすると約束した。

さっきまで喜兵衛が会うことを拒んでいたが、どれほど子供を案じていたかが推し測られた。

喜兵衛は、どうか治って欲しいと祈りつつ、小屋を後にした。


翌朝、喜兵衛が身支度をしていると、昨日の若い父親が、息せききって庭先に現れた。後を追ってきた海老原が言葉を訳す。

「おかげで腹下しは治まったそうです。熱も下がりました」

「そうでしたか。それはよかった」

薬を飲んだことがないだけに、薬効が現れやすいとは思っていたが、ひと晩で予想以上の効果だった。

「もういちど診てみましょう。案内してください」

ふたりに着いて行くと、住まいは白薩摩の作業場の裏手だった。父親も白薩摩の絵師で、昨夜の子供は、ひとり息子だという。

縁側に案内されると、簾（すだれ）が半分ほど巻き上がっており、その日陰に布団が敷かれて、少年が横になっていた。まだ弱々しい印象だが、顔色は悪くない。

枕元に座っていた母親が涙ぐんで、何度も何度も礼を言う。

喜兵衛は縁側から上がって脈を診た。昨夜とは打って変わって、はっきりと脈打つ。明らかに峠は越えていた。

少年の小声を、また海老原が訳した。

「死なないですんだよねと、聞いている」

喜兵衛は微笑んで答えた。

「もちろんだ。よく頑張ったな。たったひと晩で、ここまで元気になったのだから、また踊れるようになるし、絵も描けるようになるぞ」

少年も嬉しそうに微笑む。それは薬売りとして、何より励みになる笑顔だった。


焼物の里を後にし、すべての顧客まわりを終えてから、喜兵衛は鹿児島城下の越中屋に戻った。

もう仲間たちは、あらかた集まっていた。中でも仙蔵が待ちかまえて、喜兵衛に謝った。

「昆布を運ぶ船のことだが、調所さまが仰せの通り、やはり薩摩組全体でやるべきだ。今まで任せきりで悪かった」

長者丸の船乗りたちのために、能登屋で負った借金も、皆で分担しようという。ほかの仲間たちも口々に賛成した。

「金は、もともと皆で背負うべきだったんだ。いい薬種を長い間、安く提供してもらってきたし。調所さまのことを信用しなかったのも悪かった。朝鮮の焼物の里に行って、調所さまの真意が、よくわかった」

喜兵衛は頭が下がった。借金を助けてもらえることはもとより、仲間たちが調所を見直してくれたのが嬉しかった。

喜兵衛は気になっていた薩摩藩の世継ぎの件を、越中屋の木村善兵衛にたずねた。すると木村は、いつもの柔和な表情で教えてくれた。

「そもそも問題の発端になったのは、二十五代目の島津家ご当主、島津重豪さまでした」

今は亡き蘭癖大名と呼ばれた藩主だ。かつて重豪は四十三歳で隠居し、次の二十六代が引き継いだという。

しかし重豪は新当主のやり方が気に入らず、些細なことで責任を負わせ、早々に隠居させてしまった。

そのために現当主である島津斉興が、十九歳で二十七代の座に着いた。

重豪は孫が年若いことを理由に、藩の実権を取り戻し、以来、長く権力の座から離れなかった。

借財が五百万両にまで膨らんだのは、そのころだった。しかし西洋の文物の買い入れだけが、借金の原因ではなかった。

はるか太閤秀吉の時代から、出陣の費用がかさんでいた。その後も、江戸城や将軍家菩提寺の普請の手伝いや、木曾川治水工事など、長年の出費が重なり、徐々に借財が膨らんでいったのだという。

江戸までの参勤交代の費用も、遠方だけに、毎度、多額になった。

たとえ遠方の藩でも、街道沿いであれば、ほかの藩が参勤交代で通るたびに、金を落としていく。

だが薩摩藩は日本の南端だけに、その機会もない。

そうして出費が積もり積もって、いつしか五百万両にまで達したのだという。

重豪自身も、なんとか努力はしてみたものの、どうにもならない。そこまで行き詰まった財政の改革など、重臣たちは、だれも手をつけたがらない。

調所も当初、命じられても拒んだという。もともと財政の専門家ではなかったのだ。だが重豪が刀を手にして、斬りつけんばかりの剣幕で迫り、結局、調所は引き受けざるを得なくなった。

それからは五百万両の二百五十年分割など、前代未聞の財政改革に乗り出したのだ。

調所の改革が六年目に入って、かなり効果が現れてきたころに、重豪は八十九歳で往生を遂げた。

そこで二十七代の島津斉興が、ようやく藩主らしく力を発揮できるようになった。すでに壮年期を迎えていたが、斉興も調所を信頼して、財政改革を続けさせた。

そのおかげで今や借財の問題はおちつき、蓄財までできるまでに至った。

ただし薩摩藩は領地内に、まだまだ根深い問題を抱えていた。

働き手が足らないために、耕されない田畑があったり、年貢取り立ての際に、米を図る枡がばらばらだったりと、農村では長年の悪弊がまかり通っていた。

調所は斉興の命令という形で、そんな農政にも大鉈（おおなた）を振るった。

しかし藩から知行地をもらっている藩士たちは、それによって減収になってしまい、斉興と調所の政策に猛反発した。

そのため藩内で反斉興派が結束し、次の二十八代当主として、聡明と評判の島津斉彬に大きな期待をかけ始めた。

反斉興派の中には、借財問題が片づいたからには、もう調所は用済みと言い出す者も現れた。

斉彬本人は四十歳に近く、世代交代が遅すぎると不満を募らせていた。

とはいえ現藩主の斉興にしても、まだ五十七歳であり、八十九歳まで権力を手放さなった重豪には遠く及ばない。

木村は柔和な表情を、少し曇らせて話した。

「調所さまとしては、できるだけ斉興さまの隠居を先延ばしにして、改革を徹底したいと、お考えなのです」

そのために斉興も調所も、早く隠居をと迫る斉彬を遠ざけ、二十八代当主には、側室の子である久光を迎えたがっているという。

調所にとっての最終目的は、薩摩藩が嚆矢になって、日本に新しい時代を迎えることにほかならない。借財問題の解決も領地内の改革も、その伏線に過ぎなかった。

しかし、そこを乗り越えなければ、根本的な問題は片づかない。調所が、まだまだ働かねばと思うのも当然だった。

だが斉彬本人はもとより、斉彬派の藩士たちは、いよいよ不満を募らせており、藩内には暗雲が漂っていた。

七章　評定所へ

薩摩組が富山に戻るなり、また気がかりなことが起きた。長者丸の五人が、ふたたび江戸に呼ばれたのだ。

次郎吉が不安そうに喜兵衛に聞く。

「また長々と江戸に留め置かれるのでしょうか。あれ以上、何を聞かれるのでしょう」

ほかの水主たちも怯えた。

「やっぱり抜け荷の件で、お叱りを受けるんじゃないだろうか」

無口な八左衛門までもが、気弱なことを言う。

「行きたくない。江戸に行けば、拷問にかけられる」

船親司だっただけに、特に責任を問われるのではと案じていた。

喜兵衛は言葉を尽くしてなだめた。

「大丈夫だ。こんなことで、いきなり拷問になどかけられない。もし抜け荷の件での呼び出しだとしても、とにかく知らぬ存ぜぬで通せ。万が一、言い逃れができなくなったら、私のせいにすればいい。遠慮はするな」

昆布輸送を薩摩組全体の仕事にしようという今、もし長者丸の抜け荷が明らかになったら、薩摩組はもとより、富山藩にまで罪が及びかねない。どうあっても、それだけは避けねばならなかった。

江戸への旅支度をしているうちに、金盛仙蔵が、せかせかと大きな体をゆすりながら現れた。もう髷には白いものが目立つ。

「お喜与ちゃんの嫁入りだが、急いで済ましておかないか」

お喜与の縁談は、ようやく目処がついたところだった。いつまでも本人が煮え切らない態度のところに、仙蔵から、自分の息子の後妻にという申し出があったのだ。

息子は前妻と死に別れており、まだ子供はいない。それに再婚だから、お喜与は身ひとつで来てくれればいいという話だった。
十四、十五で嫁ぐ娘が多い中、お喜与の歳では、もう初婚にこだわってもいられない。
仙蔵のところなら、能登屋と同じような薬の老舗だし、暮らしぶりも似たり寄ったりで、だいいち気心も知れている。

そこで喜兵衛が承諾し、そろそろ結納をというところまで話が進んでいた。

だが仙蔵は結納どころか、もう嫁入りまで済ましてしまおうという。喜兵衛は申し出の意図を察した。

今度のことで喜兵衛が罪をかぶれば、当然ながら、お喜与も罪人の娘になる。その前に金盛家の嫁にして、実家とは無関係にしておこうというのだ。

仙蔵は額の汗を拭きながら言う。

「これは、うちの都合で言うわけじゃないんだ。父親として娘のことは、気になるだろうと思ってさ」

喜兵衛は首を横に振った。

「申し出てくれた意味はわかるし、ありがたいと思う。でも今になって急に、そんなことをしたら、そっちにも疑いが転じかねない。お喜与が罪人の娘になったら、縁談はなかったことにしてくれていい」

仙蔵は慌てた。

「何を言うんだ。何もかも喜兵衛さんだけにやらせておいて、そのうえ、お喜与ちゃんまで見捨てるなんて、とてもできない」

苦しげに言い添えた。

「今すぐもらうのが無理なら、お喜与ちゃんが、どんな立場になっても、うちで嫁に迎える。破談になんかしない。それだけは約束する」

「そうか」

喜兵衛は頭を下げた。

「ありがたい。正直なところ、お喜与のことは気がかりだったんだ。そう言ってもらえれば、後顧の憂いなく、江戸に行かれる」

「俺には、そんなことくらいしか、できることがなくて心苦しいが、せめてと思ってな」

仙蔵は、ひとつ息をついてから言い添えた。

「抜け荷の件、おとがめにならないように祈ってる。なんとか言い逃れられるように、頑張ってくれ」

仙蔵は喜兵衛の立場の難しさを心得ている。だからこその約束であり、その配慮が身にしみた。


いよいよ明日は出発という夜、喜兵衛は妻と息子の兵蔵に告げた。

「言い逃れができなくなったときの覚悟は、しておいてくれ。この店も無事ではいられないだろう」

兵蔵は、いまいましげに言った。

「わかってる。わかっているけど、でも、さんざん、お取り調べを受けたのに、今さら、また江戸に来いとは。まったく、しつこい。いい加減にしてもらいたい」

お多賀は緊張の面持ちで黙っていたが、ふたりきりになるのを待っていたのか、床につく前になって言った。

「あなたが薬と船に命をかけてきたのは、前から承知しています。夫婦なのですから、あなたの覚悟は私の覚悟でもあります。どうか家のことは心配せずに、江戸にお出かけください」

「すまん。家族まで巻き込んで。お喜与は、仙蔵さんが引き受けてくれた。兵蔵だって今じゃ一人前の薬売りだ。たとえ店がなくなっても、やっていけるだろう」

息子の世話になって生きていってくれと、妻に頭を下げた。

ただし本心は微妙だった。たとえ兵蔵に罪が及ばなかったとしても、罪人の息子が、信用第一の薬売りを続けられるか心許ない。

でも今は楽観的な話しかできない。最悪の事態は、お多賀にも予測できているはずだが、深くうなずいて言った。

「大丈夫。何も心配なさらないで。後のことは、何とでもしますから」


喜兵衛は長者丸の水主五人を連れて江戸におもむき、前と同じように小石川春日町の大黒屋で荷を解いた。

すると先に江戸藩邸入りしていた山本権之丞が現れ、下り眉をいっそう下げて言った。

「今度のお取り調べは、大学頭さまではなく、お評定所（ひょうじょうしょ）でなさることになった。ゆえに明日、お評定所にうかがう」

「お評定所？」

喜兵衛には馴染みのない名称だった。

山本は苦い顔で答えた。

「お城の辰ノ口にあるお役所だ」

江戸市中の普通の事件は町奉行が扱うが、広域に渡る重大事件は、評定所が調べて裁くという。幕府の中で、もっとも権威と格式の高い裁きの場だった。

そこまで重視されているのなら、やはり密貿易の疑いに違いない。水主たちは顔面蒼白になった。

山本は釘を刺した。

「おまえたちは何も言うな。もし何か聞かれたら、とにかく船頭が死んだから、わからないで通せ」

喜兵衛にも言い渡した。

「能登屋も下手なことは申すな。長者丸は蝦夷地から北前の航路を行くはずだったと、言い通すのだ。わかったな」

しかし長者丸が消息を絶つ前に、箱館や江刺など正規の購入先から、いっさい昆布を仕入れていなかったことは、詳しく調べれば明らかになる。

たとえ今、白を切ったとしても、いつかは言い逃れができなくなるに違いなかった。それでも、とりあえずは山本の指示通りにするしかない。

翌早朝、水主たちをともなって富山藩邸に出向くと、前回とは異なり、ものものしい雰囲気だった。何頭もの馬が引かれてきて、徒士侍も続々と集まってくる。

騎馬侍たちが揃うと、最後に富田兵部が現れた。相変わらずの美丈夫で、喜兵衛と水主たちの前に立って言う。

「今日のお取り調べは、ご老中の阿部さまがなさることになった」

喜兵衛は驚いた。幕府の老中が直々に尋問にあたろうとは。まして阿部正弘といえば、若くして老中の座についた明君として知られている。

だが富田は自信ありげに言う。

「何も心配は要らぬ。私は阿部さまの覚えがめでたい。島津斉彬さまにもだ」

富田自身が阿部老中と懇意だと初めて知ったが、喜兵衛としては後ろ盾を得た思いで心強かった。

ただ、かすかに違和感も覚えた。ここで島津斉彬の名前が出ることが妙だった。斉彬は調所の政敵のはずだ。

富田は水主たちに顔を向けた。

「決して、そなたたちには悪いようにはさせぬ。とにかく知らぬ存ぜぬで押し通せ。後は任せておけばよい」

裏門が開かれ、徒士侍から行列を作って外に出て行く。

喜兵衛たちは富田のすぐ後ろ、列の中程を歩かされた。富田が何と言おうとも、いよいよ罪人扱いになったのだと察した。

江戸城辰ノ口周辺には、そうそうたる大名屋敷が並んでいた。阿部老中の屋敷も近い。

湯島にある林大学頭の屋敷は、同じ敷地内に幕府の学問所がある。そのため旗本の子弟や、諸藩の若い藩士たちが出入りしており、どことなくくだけた雰囲気があった。

しかし辰ノ口周辺は、ただただ海鼠塀が連なり、静寂に包まれている。緊張が高まるばかりだ。

そんな中でも、ひときわ巨大で重厚な門が幕府の評定所だった。分厚い門扉には、拳大の鉄鋲が無数に打たれている。

門の番士の数も多い。それも強面で体格のいい侍ばかりで、皆、刺股などを手にして、胸を張って立ち並んでいる。

敷地内に入ったところで、富山藩士たちは、ほとんどが帰された。

広間へと案内されたのは、さらに人数が絞られ、富田と山本と喜兵衛と水主たちだけになった。

下座に控えていると、右筆や身なりのいい侍たちが、上座の両脇を固めた。大学頭の取り調べより
も、はるかに、ものものしい。

前触れで喜兵衛たちが平伏していると、阿部老中が現れて、おもむろに上座の中央に座った。

「面を上げよ」

そう命じられて、上半身を起こすと、阿部は、ふっくらとした頬の、穏やかそうな顔立ちだった。

ただ目だけは鋭い。

覚えめでたいと言うのは事実らしく、富田と親しげに挨拶を交わす。

それから阿部は喜兵衛から尋問を始めた。姓名や店の屋号などを確かめ、長者丸について聞かれた。

特に隠し立てする質問でもなく、喜兵衛は問われるままに答えた。

しだいに核心に近づく。

「そなた薩摩組と聞いたが、薩摩から薬を買い入れたことはあるか」

喜兵衛は正直に答えた。

「よき薬があれば、どこからでも仕入れます。特に私どもは薩摩組ですので、鹿児島のご城下の薬種
店との縁で、薬種を譲っていただいたことは、ございます」

「それは唐の国から、もたらされた品ではなかったか」

喜兵衛は、できるだけ平然と答えた。

「漢方薬ですので、唐の国から来たものもありましょうが、鹿児島の薬種店が、どこから仕入れたか
は聞いておりません」

「抜け荷の品だとは気づかなかったか」

「存じません」

するとと阿部は水主たちに質問を向けた。長者丸が昆布を運ぶ先は、鹿児島ではなかったかと執拗に聞く。

全員が「行き先は存じません」と繰り返した。ただ船親司の八左衛門だけがうつむいて、ぼそぼそと小声だった。

すると阿部は鋭い眼差しを向けて、質問を集中し始めた。

「八左衛門、正直に言わぬと、痛い目に合わさねばならぬぞ」

喜兵衛は胸が詰まる思いがした。だれよりも拷問を恐れていたし、口が重いのは口下手だからであり、何か尻尾を出すとしたら、八左衛門だった。

それでも何とかやり過ごし、ひと通り尋問が終わるなり、富田が聞いた。

「では今日は、これでよろしゅうございますか」

それ以上、阿部は押してこなかった。

「ならば、後日」

また何日にも渡って、取り調べが続くらしい。それでも初日を無事に終えて、喜兵衛は胸をなで下ろした。


翌日は取り調べはなく、喜兵衛は水主たちを大黒屋で休ませ、山本と連れ立って、林大学頭の屋敷に出向いた。

大学頭は将軍の諮問役であり、その権力は、ときに老中をもしのぐという。挨拶という名目ながら、袖の下を渡すのが目的だった。

前回の聞き取り調査の雰囲気が悪くなかっただけに、なんとか今回も穏便に収めてもらおうという、富山藩側の意向だった。

大学頭は以前と変わらず、好意的な態度で、内密のことを打ち明けてくれた。

「ご老中が、薩摩の密貿易の証拠をつかみたがっておいでなのは、実は調所広郷を失脚させるためなのじゃ」

喜兵衛は驚いて、思わず聞き返した。

「あれほど薩摩藩のために働いておいでの方を、なぜ?」

「詳しくは申せぬが、世継ぎ争いが絡んでいる」

以前から耳にしていた件だ。

今や島津斉彬と島津久光に、それぞれ藩内の派閥がついて、激しく対立していると聞いている。調所は久光派だから、その失脚をねらう者がいるとしたら、斉彬派に違いない。だが、そのために密貿易が発覚したら、薩摩藩自体が取りつぶされかねない。

ふいに富田兵部の言葉を思い出した。

「何も心配は要らぬ。わしは阿部さまの覚えがめでたい。島津斉彬さまも同じだ」

あれは、もしかして老中と富田と島津斉彬の三者で、何か話が通じているという意味ではないか。でも薩摩藩の存亡がかかるという瀬戸際に、その三人で、どう話をつけるのか。

わけがわからないまま帰路につき、山本に聞いた。

「大学頭さまの仰せは、どういう意味でしょう」

「わしにもよくわからぬが、とにかく、これ以上、薩摩藩には近づかぬことだ。薩摩組の行商も、こちらから差し止めにするしかなかろう」

だが差し止めになれば困るのは、薬を待っている顧客たちだ。喜兵衛は何とも返事ができなかった。

山本は、もういちど水主たちに釘を刺すというので、一緒に大黒屋まで戻った。

すると店の前が黒山の人だかりになっており、怒鳴り声が聞こえた。

「首吊りだッ」

「泊まってたやつが、首を吊って死んだそうだ」

喜兵衛は一瞬、山本と顔を見交わし、すぐに駆け出した。

店前の人垣をかき分けて、どうにか中に入り込んだ。すると大黒屋の主人が血相を変えて言った。

「たいへんだ。八左衛門さんが庭の木に帯をかけて、首をくくったんだッ」

喜兵衛は冷水を浴びた思いがした。すぐに奥の部屋に走った。

縁側の向こうの庭先で、四人の水主たちが座り込んで泣いていた。その真ん中に、筵が人型に盛り上がっている。

しっかり者の次郎吉が振り返って、涙声で言った。

「八左衛門さんは、ずっと変だったんです。いつも黙ってて、愚痴ひとつ言わないけれど、やっぱり船親司として責任を感じてたんだと思います。ここのところ特に、拷問にかけられるって、うわごとみたいに繰り返して。夜も、ろくに眠れなかったみたいで」

洟をすすって話す。

「だから俺たちは気をつけてたんだけど、ちょっと目を離した隙に、こんなことをしでかして」

山本が大股で近づいて、筵を引きはがした。

そこには八左衛門の変わり果てた姿があった。首には帯が食い込んだ後が、赤く残っている。

山本は突っ立ったままでつぶやいた。

「これは病死だ。首なんか吊っていない」

喜兵衛と大黒屋の主人、それに水主たちに向かって命じた。

「藩には病死として届け出る。いいなッ」

今、水主が自害したとわかったら、いよいよ疑惑を招く。だからこそ病死として片づけたいに違いなかった。

だが昨日まで評定所に出かけられたのに、突然の病死といっても、信じてもらえそうにない。

そうしているうちに騒ぎを聞きつけて、町奉行所の下役が十手をかざして、駆けつけてしまった。

下役は強引に座敷まで飛び込んできて、すぐに首まわりの鬱血を確かめた。

「首吊りに間違いねえが、もういちどお奉行所から確かめに来るから、このままにしておけ。触るんじゃねえぞ」

喜兵衛は万事休すと覚悟した。八左衛門が死ぬほど拷問を恐れていた理由が、まちがいなく暴かれる。

下役が立ち去るなり、山本は下がり眉を逆立てて、遺体の横で地団駄を踏んだ。

「何ということをしてくれたんだッ。ほかの者たちが、どうなるか考えもせぬのかッ」

しかし、ふと気づいたように言った。

「そうだ。八左衛門だけが知っていたことにしよう。船親司として覚悟の死だったとすればよい。実際そうなのだし」

喜兵衛は、むっとして言い返した。

「そんなことはできません。死人に責任を負わせるなど。そんなことをするくらいなら私が名乗り出ます」

山本は、こめかみに癇筋を浮かせて、声を低めた。

「能登屋、おまえは黙っていればいいのだッ。下手に名乗り出て、何もかも白状しなければならなくなったら、どうする？　とにかく死人に口なしだ。死んだやつが悪かったことにしておけばいい」

喜兵衛は拷問にかけられたところで、口は割らない自信がある。富山を出たときから、何もかも自分ひとりで責任を取るつもりだった。

しかし山本は信用せず、あたふたと藩邸に帰っていった。


夜になって、喜兵衛が水主たちと通夜をしていると、また山本が駆け戻ってきた。激しい息で肩を上下させている。

尋常ではない様子に、喜兵衛は嫌な予感がして聞いた。

「また何か？」

「能登屋、いいか。よく聞け。おまえの店に寅松という奉公人がいたな？　足の悪い男だ」

「もう隠居しましたが、店の裏手の長屋に住んでいます。今は息子が代替わりして」

「その寅松が」

山本は大きく息をついてから続けた。

「死んだのだ」

喜兵衛は驚いた。寅松は喜兵衛が富山を出るまで元気だった。それが急死するとは。

「いつのことですか」

「つい先日だ。早馬が知らせてきた」

「早馬が？」

能登屋の元奉公人の死を、わざわざ山本が血相を変えて知らせに来るだけでも妙だった。なのに藩の早馬が知らせるともなれば、いよいよ只事ではない。

「何が、何が、起きたのですか」

「自害だ。寅松は毒を呑んで死んだのだ」

「毒を？」

「おまえの店から持ち出したらしい。それに寅松は遺書を残したのだ。抜け荷の件は、何もかも自分ひとりでしでかしたことだと、書き残した」

山本は早口で続けた。

「遺書には、抜け荷に手を貸したのは、たったいちどだけで、見知らぬ男から声をかけられて、ふと魔がさして応じてしまったと書いてあった」

喜兵衛は目の前が暗くなる思いがした。

「寅松の息子からの伝言もある。親父は足を怪我したときに、おまえに命を助けられたそうだな。だから寅松は、こんな形で、おまえに恩返しをしたかったそうだ。くれぐれも親父の犠牲を無駄にしてくれるなと、息子からの伝言だ」

まだ肩を上下させながら話す。

「異国で死んだ船頭と、首をくくった船親司、それに寅松の三人を悪者にすれば、すべてが丸く収まる」

喜兵衛は瞬時に首を横に振った。

「そんなことはできないッ」

思わず声が高まる。

「だいいち、これほど死人が出たのだから、とことん調べられます。言い逃れはできません」

「能登屋、よく聞け。もう富田さまと、阿部ご老中の間で話がついているのだ。ご老中は調所広郷の抜け荷を証拠立てられれば、それで富山の関わりは不問にすると、約束された」

とにかく調所ひとりを罪人にできればいいのだという。また訳がわからなくなる。

「でも、なぜ？」

「薩摩藩のお世継ぎ問題だと、大学頭さまから、おまえも聞いただろう。阿部ご老中は富田さまだけでなく、島津斉彬さまとも懇意だ」

確かに富田も、そう言っていた。

「実はな、島津斉彬さまは阿部ご老中に、あえて自藩の密貿易を密告して、調所広郷の失脚を図ったのだ」

「密告？」

話が呑み込めない。すると山本は小さくうなずいた。

「わかりにくかろう。ややこしい話なのだ」

山本自身も、聞いた当初は理解できなかったという。

「たとえが悪いが、泥棒の一味が、仲間の居所を町奉行に明かして、自分の罪を軽くしてもらう取引がある。泥棒と一緒にしては、島津さまに申し訳ないが、わかりやすく言えば、そんなことと似ている」

信じがたい話だった。自藩の悪事を訴えてまで、自藩の家老を失脚させようとは。

「でも、でも、それでは薩摩藩が、お取りつぶしになりましょう」

長年にわたる抜け荷だけに、大きな処罰が予想される。

「いや、すでに約束ができているのだ。抜け荷が明らかになっても、幕府は薩摩藩を取りつぶさないし、富山藩も巻き込まないという約束が」

阿部正弘と島津斉彬、それに富田兵部の三人で、密かに約束を交わしたという。

「いいか、能登屋、寅松の遺書は、江戸に届いて早々に、富田さまが評定所に証拠品として差し出された。もう寅松の検死も済んでいる」

検死は金沢から本藩の奉行が来て、詳細に調べたうえで、すぐさま江戸の評定所に報告したという。おそるべき早手まわしだった。寅松の死は、まさに渡りに船だったのだ。

「あとは水主が証言すればいいだけだ」

山本は両手を打った。

「そうだ。次郎吉に言わせよう。あいつなら、しっかり者だ。期待通りに証言するだろう」

「ま、待ってください。次郎吉に何を言わせるのですか」

「寅松が抜け荷に手を貸したのは、見知らぬ男から声をかけられたからだと、遺書に残したな。その見知らぬ男が薩摩弁だったことにするのだ。そう次郎吉が証言すれば、薩摩人が抜け荷に関わったことになる。それさえ証拠立てられれば、水主たちは、すぐにでも富山に帰してもらえるはずだ」

喜兵衛は呆然とした。薩摩の密貿易は、まぎれもない事実だ。しかし偽の証拠を、でっち上げようとは。

「能登屋、よく考えろ。もうすぐ峠は雪に閉ざされる。そうなったら水主たちの帰国は、早くても来春になる。哀れだとは思わぬか」

山本は強引だった。

「ひとつでも証拠がつかめれば、あとは、ご老中と薩摩藩とで、すべて処理することになっている。

何度も言うが、富山藩も、おまえたち薩摩組も、この件に関わりなしになる。今、解決の道は、それしかないのだぞ」

でも、それでは調所が罪人になる。自分たちが助かるために、あれほどの人物を犠牲にしてもいいのか。

喜兵衛は小さな竹筒を思い出した。喜兵衛自身が与え、いつも調所が肌身離さず首から下げている、あの竹筒だ。

調所は追い詰められたら、あれを開けて服用するのは疑いない。寅松が毒をあおったように。

最初から調所は約束した。密貿易が発覚したら、ひとりで罪をかぶって死ぬと。

でも喜兵衛としては、これ以上、死人が増えるのは、いたたまれない。

だいいち薩摩藩のために、薩摩の領民たちのために、あれほど尽力した人物を、罪人として死なすわけにはいかない。

それに喜兵衛は、自分で責任を取るつもりだった。なのに現実には何もできない。あまりに無力で情けなさすぎる。

山本は当然という態度で告げた。

「とにかく明朝、次郎吉ひとり連れて藩邸に来い。富田さまから、お話があるだろう。それがすんだら評定所にまいる」

翌朝、喜兵衛は重い心を引きずって、次郎吉を連れて本郷の富山藩邸に出向いた。

すると富田兵部は身支度を整えて待っており、静かな口調で喜兵衛に告げた。

「調所どのは充分に、お役目を果たした。薩摩藩の財政は完全に立ち直って、今や蓄財までできている。ゆえに、いつ死んでも悔いはなかろう。私も同じ役目ゆえ、よくわかる」

富田は勘定奉行のときはもちろん、江戸家老になった今も、富山藩の財政改革を推し進めている。

「能登屋、調所どのに義理立てする必要はないのだぞ。そなたは充分に働いた。薩摩藩が立ち直れたのは、そなたの役割が、そうとう大きかった。だから胸を張って、今は調所どのを見捨てよ」

喜兵衛には反論できない。あまりに重い話だった。

「私が調所どのの立場だったら、今、死んで悔いはない。そなたの店の奉公人だった寅松も、喜んで死んでいったはずだ。その心意気を、わかってやれ」

それから富田は次郎吉を手招きして、そばに座らせ、評定所での受け答えを口伝えで教えた。


評定所の座敷で、阿部老中の小姓が、一枚の書面を喜兵衛に差し出した。それは寅松の遺書だった。内容は山本から聞いた通り、抜け荷に手を貸したのは、たったいちどだけで、見知らぬ男から声をかけられて、ふと魔がさして応じてしまったと書かれていた。何もかも自分が悪いので、死んでお詫びするという。

阿部から聞かれた。

「その遺書は、その方の店にいた寅松の筆に、間違いないか」

かつて能登屋の大福帳や、寅松の懸場帳で見慣れた、端正な文字が並んでいる。

寅松が自害したという事実が、改めて胸に迫りくる。喜兵衛は哀しみをこらえて、うなずいた。

「寅松の文字に、間違いございません」

遺書を小姓に返すと、阿部は次郎吉に聞いた。

「次郎吉、そなたは箱館か江刺で、能登屋の寅松が、見知らぬ男と話しているのを見たか」

次郎吉は声をふるわせながら答えた。

「見ました」

「その男は、どんな話し方であった？」

「聞き取りにくい言葉でした」

「寅松の言葉は、いかようであった？」

「同じような言葉でした」

「それが、どこの言葉なのか、そなたは寅松に聞いたか」

「はい。薩摩弁だと申していました」

「では、また能登屋に聞く。寅松は薩摩組だったのだな」

喜兵衛は偽証はしたくない。ただ事実は認めなければならなかった。

「仰せの通り、足を悪くするまでは、薩摩組でございました」

「薩摩組の者なら、薩摩弁を話せるのであろう」

「話せます」

「薩摩弁は独特だと聞く。薩摩弁を話したのだから、寅松が話していた相手は、薩摩人に間違いないな」

喜兵衛は答えられない。肯定すれば調所を罪人にしてしまう。

すると思いがけないことに、突然、山本が口をはさんだ。

「今さら申し上げることではございませんが、薩摩弁を話すのは、薩摩人だけではございません。先ほどから仰せの通り、富山の薩摩組の者も話せます」

喜兵衛は、ぎょっとした。山本の言う通りではあるが、そんな言い方をしたら、今度は薩摩組のだれかが疑われかねない。

　慌てて否定した。

「その男は、断じて薩摩組の者ではありません。寅松が見知らぬ男から声をかけられたと、遺書に書き残しているのですから。紛れもなく見知らぬ者です」

「では、薩摩組の者でなければ、やはり薩摩人だな」

　阿部から強い口調で聞かれ、喜兵衛は胸を突かれた。山本の言葉は誘導だったのだ。もはや否定はできない。断腸の思いながら、答えざるをえなかった。

「おそらくは」

「薩摩人なのだな」

「さようで、ございましょう」

「わかった。寅松が抜け荷に手を染めたのは、薩摩人から誘われたからだな。それで間違いないな」

　すべての退路は断たれた。肯定するしかない。

「間違い、なかろうかと、存じます」

　阿部は右筆が記録したのを見届けて、品のいい口元を、かすかに緩めた。

　薩摩の密貿易が証明された瞬間だった。ここから、どう調所の所業へとつなげていくのかはわからない。

　ただ、この後の筋道も、すでに阿部老中や島津斉彬の頭の中で、すっかり描かれているに違いなかった。

　すぐさま水主たちの帰国が認められ、全員が安堵の面持ちで大黒屋を後にした。また富山藩から警備の侍たちが出て、彼らを国許まで送り届けた。

ただ喜兵衛だけは、念のためという理由で、江戸に留め置かれた。

万が一、調所が約束をたがえて、能登屋との関わりを公にしたら、喜兵衛にも罪が及ぶ。できることなら、このまま処罰を受けたかった。

いっそ寅松のように毒でもあおりたい。しかし周囲が感づいたらしく、大黒屋の薬箪笥には、毒になる薬種は、ひとつも入っていなかった。

外に出て、大川に飛び込みたい衝動にも駆られる。両国橋から見下ろすと、薄茶色の水が、とうとうと流れゆく。

一気に欄干を越えて、宙に身を躍らせたい。だが両国橋は人通りが多く、立ち止まって欄干に手をかけているだけで、だれもが怪訝そうな目を向けていく。

飛び込むなら夜しかない。だが夜になると、大黒屋の前に見張りが立つ。町奉行所の下役らしく、外に出ることもできない。

喜兵衛は眠れない夜を過ごした。

もし自分が自害したら、どうなるかを考えた。なぜ自害したのかと探られて、また厄介なことが蒸し返される。

寅松が終わりにしようとした配慮が、だいなしになってしまう。しっかりしなければと喜兵衛は自分自身を叱咤した。

翌日、お多賀から手紙が届いた。無事な帰国を待っているという。短い文面だったが、案じてくれる気持ちが、痛いほど伝わってくる。

人に責任を負わせて、自分だけが生き延びるのはつらい。でも家族が待っている。

それでいて家を思えば、また罪悪感が増す。自分ひとりが家族と平穏に暮らしていいのかと。

もういちど、お多賀からの手紙を開いて見た。帰ってきてくれと、文字が訴えている。いつもは黙って耐える妻なのに。

ここは、なんとしても生きながらえて帰国すべきだった。生きて家族と会おうと、必死に気持ちを奮い立たす。

それでも、また心は揺り戻す。

以来、江戸では何もすることがなく、ただ思い惑うばかりで、ひと月、ふた月と過ぎていき、寒さが増して師走を迎えた。

大黒屋も慌ただしい雰囲気になっていく。このまま正月を迎えても、喜兵衛は祝う気にはなれない。

十二月十九日の、ひときわ冷える日のことだった。

山本が大黒屋の玄関に飛び込んできて、白い息をはきながら告げた。

「昨日、薩摩藩の江戸屋敷で、調所どのが服毒自害された。ご老中と島津斉彬さまと、富田さまの思惑通りで、これで一件落着だ」

ああ、やはり。喜兵衛は衝撃で、その場に座り込んだ。調所は何もかも自分ひとりの腹に納めて逝ったのだ。当初からの約束を守って。

それからまもなく喜兵衛にも帰国の許可が下りた。ひとりで重い心を引きずりながら、雪深い峠を、いくつも越えて、富山の店に帰りついた。

旅の途中で年が改まっており、町には正月の晴れがましさが満ちていた。

ただ能登屋だけが、ひっそりと静まりかえっており、お多賀が、そっと迎えてくれた。

「よくぞ、ご無事で」

目を赤くしながらも、言葉少なにねぎらう。

「さぞ、つろうございましたでしょう」

喜兵衛からは何ひとつ説明していない。なのに妻は心得てくれていたのだなと、ただただ頭が下がった。

帰りを待ってくれて、迎えてくれる家族がいる。行商から戻るたびに、それが嬉しかった。でも、これほど複雑な思いの帰国は、今までにないことだった。

八章　雄々しき梢

　寅松の息子、松太郎が、森の斜面で立ち止まり、雪に埋もれた大木の根元を指さした。

「ここです。ここで親父は、鳥兜の粉を飲んで、息絶えていました」

　そこはまさしく、あの山津波で喜兵衛と寅松が、命を落としかけた場所だった。まぎれもなく、この大木の根元にしがみついて、濁流をしのいだのだ。

　顧みれば、かれこれ二十年近く前になる。

　場所を説明する松太郎も、もう三十を過ぎた。初めての薩摩への旅で、泣きながら大人たちを追いかけてきた面影はない。今では薩摩組の中でも、よく気配りができて、顧客からの信頼も篤い。

　それが目を潤ませて言う。

「親父の懐には、あの遺書が入っていました。きっちりと油紙に包まれて」

　ぬれたり破れたりしないようにという、几帳面な寅松らしい配慮だった。

「親父は最後に家を出たときに、道端で出会った近所の人に『常願寺川をさかのぼって、昔、薬草園があった場所を見に行く』と話したそうです。近所の人は、親父の足で大丈夫かと心配したけれど、杖をつきながらも、元気に歩いて出かけたと聞いています」

　自分の遺体と遺書が、すぐに見つかるように、行き先を告げていったに違いなかった。

　かといって家族に伝えていくと、追いかけてきて自害を止められる恐れがある。だから近隣の知り合いくらいが、ちょうどよかったのだ。

　喜兵衛は気がかりだったことを聞いた。

「もしかして寅松は、藩の役人から強いられたんじゃなかろうな。自害して責任を負えと」

するると松太郎は激しく首を横に振った。

「それはありません。お役人なんか、ひとりも来ていないし、親父も、お役所に出かけたりしていないし」

「そうか」

喜兵衛は大木の根元に目を落とした。

「ならば寅松が死んで、松太郎も、おふくろさんも、さぞ驚いただろう」

松太郎は、まだ妻をもらっていない。これからは母親とふたり暮らしになる。

「いいえ、さほど驚きはしませんでした。常々、親父は『抜け荷がみつかりそうになったら、俺が命をかけて秘密を守る』と言っていましたから。『それくらいしか、もう役に立てない』とも」

喜兵衛の喉元に熱いものが込み上げる。

寅松は足を悪くして以来、旅に出られなくなって、人の役に立てなくなったことを、何より苦にしていた。

だからこそ船で移動できる密貿易に、積極的に名乗り出たのだ。

喜兵衛の胸に悔いが湧く。

「あの山津波のときに、いっそ助けなければよかったのか。足の怪我が寅松の生涯に、これほど大きな影を落とすと、わかっていたら」

すると松太郎が、また激しく首を横に振った。

「そんなことはありません。なぜ親父が、ここを死に場所として選んだのか。それは旦那に対して、心底、ありがたく思っていたからです。それを示したかったからです」

松太郎はすがるようにして言った。

「どうか悔いたりしないでください。それよりも親父を褒めてやってください。よくぞ秘密を守り通したと」

喜兵衛は大木の幹に手を当て、梢を見上げて言った。

「わかった」

あの嵐のときに飛んできた流木で、幹の上部が吹き飛んだはずだった。でもあれから年月を経て、少し形は歪んだものの、梢は新しい枝を伸ばしている。今は冬枯れの裸木ながら、春になれば若葉が力強く芽吹くはずだった。

その梢に向かって、大声で叫んだ。

「寅松、よくやった。おまえは富山だけでなく、薩摩の人たちも救った。それも、とてつもない数の人間を助けたんだ。偉かったぞ。偉かった」

語尾は涙で潤んで、大声にはならない。

寅松の行為を尊く感じはする。ただ、こうなった以上、もう昆布の輸送はできない。薩摩組も自主的に差し止めにするしかない。

これほどまでの犠牲を払って、その結果が、これかと思うと、持って行き場のない憤りが湧き上がる。

大木の幹を拳でたたいて、喜兵衛は泣いた。生き残る哀しみは、死ぬ苦しみを、はるかにしのぐことを、初めて知った。

数日後、息子の兵蔵が言った。

「親父、お喜与が話があるそうだ。おふくろと一緒に聞いてやってくれないか」

兄が妹の話を口添えするという。そんなことは初めてだった。

「なんだ、改まって」

「聞けばわかるよ」

「じゃあ、奥で聞こう」

奥の部屋に、お多賀も呼んで待っていると、お喜与は細長い風呂敷包みを抱えて現れた。

兵蔵も加えて、家族四人で向かい合って座った。

さっきと同じことを、愛娘に聞いた。

「お喜与、改まって、どうした？　何か、あったのか」

お喜与は思い詰めた顔で口を開いた。

「お父さん」

なかなか話し出さない。

「なんだ？　遠慮せずに言え」

「あの、今さら、申し訳ないけれど」

そこからは一気に言い放った。

「金盛家の縁談、やっぱり断ってもらえませんか」

喜兵衛は意外な話に驚いた。

「どうした？　後妻の口が気に入らないか」

「そうじゃないんです。あれほどの大店で、私をもらってくれるって、ありがたいとは思っています。でも」

「でも？」

蚊の鳴くような声で答える。

「実は、ほかに、お嫁にいきたい先があって」

喜兵衛は動転しつつも、率直に聞いた。

「だれか思う相手でも、急にできたのか」

お喜与はうつむいた。

「急にってわけじゃなくて」

「それなら、なぜ今まで言わなかった？　いったい相手は、だれなんだ」

お喜与は、いよいよ下を向いて、黙り込んでしまった。

代わりに兵蔵が、ぶっきらぼうに答えた。

「松太郎だよ」

喜兵衛は驚いた。数日前に、寅松の自害の場に一緒に行ったというのに、思いもよらないことだった。

「松太郎が？　なぜ、なぜ言わなかったんだ？」

また兵蔵が答えた。

「松太郎は遠慮したんだ。自分と大店の娘とじゃ、身分違いだって。そんなことを言っているうちに、金盛家の後妻の話が持ち上がって、お喜与も言い出せなくなったらしい」

突然の話に当惑するばかりだが、喜兵衛は、もういちど娘本人に聞いた。

「お喜与、本当か」

お喜与は小さくうなずく。

さらに妻にも聞いた。

「おまえは知っていたのか」

お多賀は申し訳なさそうに答えた。

「薄々は」

「それなら、なぜ私に知らせなかった？」

つい声が高くなる。すると兵蔵がたしなめた。

「親父、おふくろを責めるのは、お門違いだ。金盛家の後妻の話を、あれほど親父が喜んでたら、何も言えないさ。俺だって言えなかった」

喜兵衛は呆然とした。

自分は若いころから真面目一方で、色恋沙汰には疎い方だ。それにしても自分ひとりが気づかずに、見当違いの縁談を進めていたとは。

それでも何で今さらと腹が立つ。まして寅松が自害したというのに。

だいいち金盛仙蔵に断れない。江戸に行く前に約束したのだ。たとえ、お喜与が罪人の娘という立場になっても、金盛家で後妻に迎えてくれると。

そこまで申し出てくれた仲間に、今になって断るなど無理だった。

すると、お喜与は、持ってきた細長い風呂敷包みを解いて見せた。そこには美しい加賀友禅の反物が入っていた。

「これ、松太郎さんのお母さんが持ってきてくれたんです。寅松おじさんが死ぬ前に、私にって買ってくれたんですって」

寅松は、お喜与が子供のころから可愛がっていたし、お喜与も「寅松おじさん」と呼んで懐いていた。

だからと言って、高価な反物をもらう筋合いはない。

「なんで、こんなものを?」

お多賀が遠慮がちに答えた。

「これは、もらえないって、何度も断ったんです。でも、あの家には娘がいないし、寅松さんの遺志だからって」

喜兵衛は寅松との会話を思い出した。

「いずれ嫁に出すときには、晴れ着の一枚や二枚は、無理してでも持たせてやった方がいいですよ。嫁ぎ先で金に困ったときに、手放せば役に立つし」

寅松は、父親が買ってやらないと見越して、こんな反物を残したのか。

それにしても、けっして多くはない能登屋の給金を貯めて、なぜ加賀友禅などを買ったのか。いよいよ戸惑うばかりだ。

すると、お喜与本人が、また思いがけないことを言い出した。

「これをもらったときに、私、思ったの。寅松おじさん、本当は、私を松太郎さんのお嫁さんに欲しかったんじゃないかって。とんでもない思い上がりかもしれないけれど」

話す途中から涙声になった。

「寅松おじさん、私と松太郎さんの気持ちに勘づいていたんだと思う。私が松太郎さんに嫁ぐ夢を、この晴れ着に託したのかもしれない」

喜兵衛は、いよいよ驚いて妻の顔を見た。お多賀は小さくうなずいた。

「それは、私も感じました。だからこそ返さなければと思ったのですけれど」

お喜与は泣きながら話す。

「松太郎さんのことは、諦めたつもりだったの。でも寅松おじさんが死んで、松太郎さんは、だれよりも哀しいはずなのに、気丈にしていて。それを見たら、やっぱり、この人のお嫁さんになりたいって、どうしても」

　お喜与は両手で顔をおおって泣き出した。

　また兵蔵が妹の気持ちを代弁した。

「お喜与は子供のころから、松太郎が好きだったんだ。松太郎が初めて薩摩組の旅から帰ってきたときは、つらそうで、可哀想だったそうだ。でも健気(けなげ)に二度目の旅に出ていく姿が、子供心にも惹かれるものがあったらしい」

　兵蔵は両手を前について、父親に頭を下げた。

「俺は妹を松太郎に嫁がせたい。だから親父、どうか仙蔵さんに断りを入れてくれないか」

　今や兵蔵は能登屋の実質的な主人だ。喜兵衛が長者丸のことで右往左往している間にも、きちんと店を切り盛りしてきた。

　そんな息子が頭を下げるのを、無下(むげ)には突っぱねられない。それでいて仙蔵の顔をつぶすわけにもいかない。

　喜兵衛の頭の中は、驚きと怒りと苛立ちと困惑とが入り混じり、どうしたらいいのか見当もつかない。

　そのとき女中頭が、襖の向こうから声をかけてきた。

「松太郎さんが来ています。旦那さんに会いたいそうです」

　お喜与も兵蔵も驚いた顔をしている。あらかじめ来るという約束を、していたわけではなさそうだった。

喜兵衛は立ち上がって、女中頭に言った。

「離れに通してくれ」

いかにも声が不機嫌になり、そのまま家族を振り返らずに、大股で離れに向かった。

離れで待っていると、松太郎が緊張の面持ちで現れた。

「そこに座れ」

顎で示して、目の前に座らせた。

松太郎は正座するなり、両手を前について、深々と頭を下げた。

「親父の喪中に、こんなことをお願いするのは心苦しいのですが」

頭を下げたままで続けた。

「喪が明けたら、お喜与さんを嫁にいただけませんか。今さらと、お思いでしょうが、どうか」

喜兵衛は舌打ちしたい思いだった。

「たった今、その話を聞いたところだ」

松太郎は上半身を起こした。

「そうでしたか。お願いしに来るのが遅くなって、申し訳ありません」

「なぜだ？　なぜ今になって、まして寅松が死んだっていうのに、なぜ、こんな話になるんだ？」

「それは親父が死んだからこそなんです」

「寅松の遺志だったたって言うのか」

「いいえ、そうではなくて」

松太郎は、うつむいて話した。

「俺は意気地がなかったんです。お喜与さんをもらいたいと言い出す勇気がなかったんです。お喜与さんと俺とじゃ、身分違いだと言い訳して」

　そこで顔を上げた。

「でも親父が、ああして死んだことで、親父の心意気を思い知りました。それで気がついたんです。俺は、あの親父の息子なのに、なんて勇気がなかったんだろうと。親父の、あの尊い死に方と、俺の嫁取りとを、比べるわけにはいかないけれど」

　ここは思い切って、自分の意思を伝えるべきだと覚悟を決めて、こうしてやって来たのだという。

「今の俺は、しがない一薬売りだけれど。まして、これから薩摩組が差し止めになったら、いよいよ暮らしは厳しくなるけど」

　松太郎は背筋を伸ばして語気を強めた。

「でも、これから必死に働きます。だれも行かないようなところを探して、薬箱を置かせてもらって、新しい得意先を作って。そうやって、いつかは店を持つつもりです。能登屋の娘が嫁いでもおかしくないような、立派な店を、かならず持ちます」

　もういちど頭を深々と下げた。

「だから、お喜与さんをください」

　そのとき離れの引き戸が音を立てて開いて、お喜与が飛び込んできた。

　そのまま松太郎の横に正座して頭を下げ、必死に訴えた。

「お父さん、お願いします。どうか、松太郎さんと一緒にさせてください」

　喜兵衛が何もかも包み隠さずに伝えると、仙蔵は太い腕を組んだ。

「そこまで言われたら、一緒にしてやるしかないな」

喜兵衛は何度も頭を下げた。

「お喜与が罪人の娘になっても、もらうとまで言ってくれたのに、こんなことになって、本当に詫びの言葉もない」

つい溜息が出る。

「俺が唐変木だったんだ。娘の気持ちも顧みないで。それで仙蔵さんの申し出まで、だいなしにして」

「まあ、いいさ。当人が、そこまで言うんなら。松太郎は子供のころは引っ込み思案で、ずいぶん変わったと思ってたが、今でも、その名残りがあったんだな」

仙蔵は苦笑いで言う。

「それに、あれだけの別嬪さんで、人柄もいい娘だ。うちの息子の後妻になんて、俺も図々しかった」

「そんなことはない。あいつは果報者だ。それほど嫁にと望まれて」

「でもな、これで」

仙蔵は組んだ腕をほどいて言った。

「これで、死んだ寅松も、少しは浮かばれるだろうよ」

喜兵衛は小さくうなずいた。大事な愛娘を嫁がせることで、寅松の献身に、少しだけ報いられそうな気がしたのだ。

それでいて仙蔵に対する後ろめたさは消えない。薬売りにとって信頼こそが、何より大事だ。まして仙蔵という、もっとも大事な仲間の信頼を、喜兵衛は裏切ってしまったことになる。

ただ、そんな信頼関係を盾にして、お喜与の気持ちを無視する気にもなれない。それは自分の面目を通すだけのことであり、喜兵衛の身勝手にもなる。

自分が仙蔵に対して、悪者になればいいだけのことだ。そう覚悟して、何もかも仙蔵に打ち明けて詫びたのだ。

心中に、かすかなわだかまりを残したまま、お喜与を見送ったのは、寅松の喪が明けて、ほどなくのことだった。

加賀友禅の晴れ着をまとって、店裏の二軒長屋へと嫁いでいった。その姿は、父親として、手放すのが惜しくなるほど美しかった。


結局、薩摩組は、薩摩での行商から自主的に撤退した。しかし薩摩藩内部の動きについては、その後も喜兵衛の耳に届いた。

調所の服毒自殺は、現藩主の島津斉興に密貿易の罪が及ばぬようにと、ひとりで責任をかぶった結果だという。

富山との関わりは、いっさい表沙汰にはならずにすんだのだ。

ただし調所の死によって、すんなり島津斉彬が藩主の座につけたわけではなかった。

密貿易を老中に密告してまで調所を失脚させたことを、現藩主の島津斉興が憤り、いよいよ息子の斉彬を遠ざけたのだ。そのために次期藩主の座は、大きく島津久光に傾いた。

これに斉彬派の家臣たちが猛反発し、久光派の重臣たちを亡きものにしようと、計画を練った。

しかし事前に漏れて、斉興が斉彬派を厳罰に処した。六人が切腹、五十人以上が流刑や謹慎を受けた。

調所が死んだ結果、かえって大がかりな御家騒動へと発展してしまったのだ。

斉彬派の藩士たちは、こぞって久光の生母を憎み、その名を取って、一連の揉めごとを「お由良（ゆら）騒動」と呼んだ。

との縁だ。

斉彬は信頼する家臣たちを失い、家中で孤立した。それでも切り札が残っていた。老中、阿部正弘との縁だ。

もういちど斉彬は、密かに阿部老中に働きかけた。そして将軍直々の命令によって、斉興を一気に隠居に追い込み、ようやく藩主の座を手に入れたのだ。

それは調所の死から、二年あまり後のことだった。

さらに二年後、ペリーの黒船艦隊四隻が琉球を経て、江戸の湾口に当たる浦賀に現れ、強硬な態度で開国を迫った。四隻中、二隻が蒸気船だった。

かつて調所が鉄瓶の蓋で説明した予言が、とうとう現実になったのだ。

黒船艦隊は翌年、八隻に増強して再来航し、幕府は軍備に屈した形で、日米和親条約を結んだ。箱館と下田の二港で、アメリカの船舶に対して、水や薪を供給すると約束したのだ。

それからまもなく薩摩組の代表者が、薩摩藩の江戸屋敷に来るようにと呼ばれた。今さら何の用かと、だれもが警戒した。

喜兵衛は、この江戸行きを引き受けた。来年には古希を迎えるが、足腰の鍛錬には、まだまだ余念がない。

それでいて老い先は長くないからこそ、わが身はどうなってもかまわないし、警戒する必要もなかった。

念のためと言って、また山本権之丞が江戸まで同行した。

以前と同じく小石川春日町の大黒屋に入ってから、富山藩邸に挨拶に行った。

すると今度も、江戸家老の富田兵部が迎えて言った。

「明日、薩摩藩の江戸下屋敷に行け。話は差し止めの解除だ。引き受けるがいい」

あれから薩摩藩では、鹿児島で製薬方という役所を作って、あちこちに薬を配備したという。

「だが、やはり、そなたたちのようにはいかなかったようだ。それで、また薩摩組に頼みたいそうだ」

富田は笑顔で言ってから、ふいに視線を外した。

「調所どのは、ひとりで悪役を引き受けて死んだ。でも薩摩藩の立て直しを引き受けた当初から、その覚悟はできていたはずだ」

財政改革には恨みがつきものだという。藩士たちの既得権を奪ったり、借りていた金を事実上、踏み倒したりするのだから、それは当然だった。

富田は、しみじみと言う。

「私のやり方は、調所どのの足元にも及ばないが、私なりに頑張っているつもりだ。あんな死に方は覚悟はしている」


翌日、喜兵衛は山本とともに、芝にある薩摩藩の下屋敷に出向いた。

すると海老原清熙が対応に出てきた。かつて朝鮮の焼き物の里に同行して、通辞を務めてくれた薩摩藩士だ。いかにもな薩摩顔は変わっていない。

それが少しかしこまって告げた。

「薩摩組の差し止めを解除する。来春から、また薩摩に出向いて、薬の配備に務めよ」

そう言い切ってから苦笑した。

「このたびの差し止めは、その方らから申し出で始まったのに、こちらから解除というのも妙だが」

なおもきまり悪そうに言う。

「許せ。今は、それがしは、しがない端役(はやく)ゆえ、上から言われた通りに告げるしかないのだ」

調所の自害により、側近だった海老原自身も失脚した。だが財政改革の残務など、だれも引き受けたがらない。そのために端役ながらも、細々と役目を続けているという。

「その方らが薩摩に行ってくれるのなら、薬種は越中屋から提供する。薬種の出どころは知らずともよい」

越中屋は以前からの薩摩での定宿だ。まだ藩の密貿易は続いているらしい。

喜兵衛は危ういものを感じて聞いた。

「それで大丈夫なのでしょうか」

すると海老原は薩摩顔を少し傾げてから、口を開いた。

「このたび幕府は、アメリカと和親条約を結んだが、琉球もアメリカと修好条約を結んだ。幕府は薪水の提供を約束しただけだが、琉球では第一条で自由貿易を認めた」

それに腹を立てて、破約させろと息巻く者が、薩摩藩内には少なくないという。

「愚かなことだ。いずれ幕府も通商条約を結ぶ日が来る。アメリカや西洋の国々が、正当に商売をしたいと申して来るのだから、認めてやればいいだけだ」

薩摩の国許に薩摩組を受け入れるのと、なんら変わらないという。

「それに琉球で自由貿易が始まるのだから、オランダ船が琉球に寄港して、そこで漢方の薬種を仕入れ、そのまま長崎に運んで売り払うことも可能になる。そうなれば値崩れが起きて、おのずから幕府の独占は崩れるのだ」

以前からオランダ船は、オランダの製品だけを売りにきているわけではなかった。オランダの植民地であるインドネシアから船出して、東南アジアで香木などを買い入れて運んでくる。

それは北前船が大坂から船出して、港々で各地の特産物を売り買いするのと同じだった。

「今までのような幕府の独占貿易は、もう通用しない。この状況からしても、自由貿易の開始は近い。そうなったら、抜け荷という言葉すら消えるだろう」

だから薬種の出どころを、今さら薩摩組が気にする必要はないという。

「今は調所どのは悪者に仕立てられている。でも調所どのが成し遂げた借財精算には、だれもが感謝すべきだ」

政敵だった島津斉彬ですら、その点は内々に認めているという。

喜兵衛は、もうひとつ気がかりを口にした。

「これから薩摩藩は、どういう方向に進まれるのでしょう」

重商主義を主張していた調所が、いなくなった今、当主の島津斉彬は、何を目指しているのかを知りたかった。

「こんなことまで、話してよいのかはわからぬが」

そう前置きして、海老原は打ち明けてくれた。

「上さまのお望みは、まず薩摩の武力を西洋式に改めることだ。蒸気軍艦や大型大砲や洋式陸軍を持つのだ」

それは調所が目指したところと変わらない。

「その武力を背景に、幕府に改革を求め、幕府と外様の大藩が手を組んで、異国に侮られない体制を作ること。それが上さまの最終目的だ」

薩摩藩のような外様大名は、幕政には参加できない。老中や若年寄などの幕閣は、譜代大名に限られている。

だが譜代には大大名がほとんどおらず、洋式軍備には財政的に手が届かない。

それに代わって薩摩藩が、幕府や外様の大藩と手を組み、強力な軍事体制を確立して、日本を守ろうという目論見（もくろみ）だった。

「何度も申すようだが、調所さまの働きがなければ、今の上さまの理想もない。調所さまが地ならしをして、今の上さまが突き進む。そういう役割分担だったのだ」

海老原は、なおも熱く語る。

「私は調所さまが何をされたかを、少しずつ書き残している。いつか歴史が判断できるように。ただし、そなたたちとの関わりは、書かずにおく。せっかくの働きが世に知られぬのは、残念ではあるが」

喜兵衛は頬をゆるめた。

「私どもは人の役に立てたのですから、それだけで満足です。だれに知られずとも、こうして働けただけで、充分、ありがたく存じます」

政治は薬売りには関わりない世界だった。


その年の十一月下旬に改元があり、安政年間が始まった。

翌安政二（一八五五）年の雪解けを待って、薩摩組は揃って薩摩への旅に出た。またもや五年ぶりの差し止め解除だった。

喜兵衛は、とうとう古希を迎え、年齢を理由に行商を遠慮した。

久しぶりの薩摩入りで、顧客たちから大歓迎されるのは、今までの経験からして明らかだった。その喜びを兵蔵や松太郎に譲ったのだ。

それから一行は半年近くに及ぶ旅を終えて、夏の終わりに富山に戻り、目を輝かせて喜兵衛に報告した。

松太郎が嬉しそうに話す。

「俺が初めて薩摩組に入った年に、旦那さんが不妊に効く煎じ薬を渡して、子が授かった夫婦がいたのを、覚えていますか」

「ああ、覚えている。なかなか口うるさい姑さんのいた家だ」

「あのときの子が、もうすっかり大人になってましたよ。あの夫婦は、今でも旦那さんに感謝していて、よろしく伝えてくれって言ってました」

「そうか、それはよかった」

兵蔵の方は、朝鮮の暮らしを続ける焼物の里に行って、やはり大歓迎を受けたという。

「みんな元気にしてたよ。ただ調所さまが亡くなったときには、里の者たちは大泣きしたそうだ。里から少し山に入ったところに、調所さまの招魂墓（しょうこんぼ）ができていた」

里の人々が毎日、香華をたむけているという。

「いかに調所さまが敬愛されていたかが、改めてわかった。焼物の輸出も順調に伸びているらしい」

今は白薩摩を買うのはオランダ船だけだが、自由貿易が始まれば、もっと増産するという。

「それから親父宛に、この壺を預かってきた。白薩摩の若い絵師からだ」

それは見事な細密画の壺だった。両手に余るほどの大きさで、いかにも高価そうだ。でも、これほど貴重な作品を貰う理由が思いつかない。

父親の怪訝顔に気づいて、兵蔵が言う。

「薩摩組が初めて、あの里に行ったときに、その絵師は、まだ子供で、親父に命を助けてもらったそうだ」

ようやく合点した。あのときに腹下しで衰弱していた少年だ。同時に驚きが湧き上がる。

「あの子が、こんな絵を描くようになったのか。絵が好きだとは聞いていたが」

兵蔵が笑顔でうなずく。

「今じゃ、あの里で、いちばんの絵師で、皿も壺も特に高値で売れるそうだ。あの里にも薩摩藩にも、大きな富をもたらしている」

「そうか、そんな立派な絵師になったのか」

「絵師の両親は今も健在で、あのとき死にそうだった息子に、いい薬をもらったと、涙ぐんで俺に話すんだ。今じゃ自慢の息子だし、あのとき死んでいたら、こんな壺もなかったと、何度も何度も頭を下げられて、俺も鼻が高かったよ」

喜兵衛は少し面映い思いで、美しい壺を見つめた。

だれにも死は避けられない。でも、できることなら子供の命は救ってやりたいと、いつも願ってきた。親や家族を哀しませたくないからだ。

だが薬を与えることによって、子供の未来まで救うことになろうとは、よもや思い至らなかった。

竹林の奥の里で、若い絵師が細筆をにぎって、白い焼物の肌に絵付けをしている姿が、脳裏に浮かぶ。彼は少年たちの踊りにも、加われたにちがいない。

それが、あのときの少年の夢だったのだ。喜兵衛は自分でも気づかぬうちに、尊い夢をかなえる手助けができていたのだ。

喉元に熱いものが込み上げる。

「いかんな。歳をとると、涙もろくなる」

洟をひとすすりし、冗談めかして、泣き笑いをごまかした。

初めて薩摩への旅に出たときには、つらさのあまり、薬売りの家に生まれたことを恨んだものだ。

でも今は薬売りの家に生まれて、かけがえのない役目を果たせたことに、せいいっぱいの誇りを感じた。

安政四年になると、また事件が起きた。富田兵部が切腹して果てたのだ。

それまで富田は、天領の飛騨を富山藩に下げ渡してもらえるよう、懇意だった阿部老中に密かに働きかけていたという。

飛騨は良質の木材を産し、銀や鉛などの鉱山もある。富山藩の財政改善には、かならず役立つ地域だった。

さらに天領を組み込むことで、家格が上がり、加賀藩の支藩という縛りから抜け出すこともできる。しかし、もう少しで話が決まるという寸前に、阿部老中の持病が急変し、老中の座から退かざるえなくなった。

これによって富田の策略が発覚し、加賀藩が激怒した。本藩の頭越しに、幕府老中とやりとりするとは、身のほど知らずというのだ。

その結果、富山藩主の前田利聲（としかた）は隠居を命じられ、富田は江戸家老の役を解かれて、国許に呼び戻された。

富田が切腹したのは、その道中だった。何もかも自分の独断であり、藩主には責任はないと書き残して。

喜兵衛は以前、富田から聞いた言葉を思い出す。

「私のやり方は、調所どのの足元にも及ばないが、私なりに頑張っているつもりだ。あんな死に方は覚悟はしている」

薩摩藩の抜け荷とは関わりはないものの、財政改革という仕事の重みを、喜兵衛は改めてかみしめた。

人は誰でも死ぬ。でも自分の死さえも、人のために生かす者がいる。調所広郷しかり、寅松しかり、そして富田兵部しかり。

彼らの命を救うことは、とうてい不可能だ。でも彼らにとっては、死にゆく姿こそが大事なのだということを、喜兵衛は知っている。

富田の死からほどなくして、富山藩が加賀藩に吸収された。不安定な時節柄、加賀前田家は支藩を信用できなくなったのだ。

阿部老中も三十九歳の若さで病没し、幕府が欧米各国と貿易のための通商条約を結んだのは、ペリーとの和親条約から四年後、安政五年のことだった。

これによって箱館が貿易港となり、以来、欧米各国の貿易船が、次々と箱館に入港し始めた。

彼らは蝦夷地の昆布を買い占め、そのまま清国に運んで、利を得るようになった。その結果、長崎に来る唐船のみならず、北前船の独占も崩れ、日本中の流通が激変した。

それによって幕府は、昆布輸出という大きな外貨収入を失った。

同じころ薩摩藩では、島津斉彬が洋式陸軍を創設した。幕府に改革を迫るために、一歩を踏み出したのだ。

ところが残暑の厳しい時期に、斉彬は洋式練兵を謁見していて、暑さに倒れ、そのまま帰らぬ人となった。

その後は島津久光が、亡き兄の意思を継ぐとして、洋式陸軍を従え、京都や江戸まで遠征した。

そうして幕府に改革を迫り、薩摩藩は発言力を増していったのだった。

それから、また年月が過ぎ、元号が何度も変って、慶応年間を迎えた。

喜兵衛が、ふと目覚めると、お多賀が心配顔で枕元に座っていた。もう髷は真っ白だ。

起きあがろうとしたが、なぜか体が動かない。妙だなと思い、お多賀に話しかけようとしたが、声も出ない。

その代わり、お多賀が周囲に告げた。

「目を、開けました」

声が潤んでいる。

よく見ると、お多賀のほかにも、家族が床を取り囲んでいた。それが、いっせいに声をかけてきた。

「お父さん、しっかりして」

「親父、わかるか？」

兵蔵も、その家族たちもいる。お喜与と松太郎夫婦もいるし、ふたりの間に生まれた息子は、もう立派な若者だ。

「爺ちゃん、死ぬな」

そう涙声で励まされて、喜兵衛は事態を察した。

自分は、もう八十歳を越えた。今まで病気らしい病気はせずに息災だったが、どうやら倒れたらしい。

床の足元には、孫はもとより、曽孫(ひまご)もいるし、玄孫(やしゃご)までいる。女たちは一様に、すすり泣いている。

喜兵衛は言いたかった。哀しむことは何もないと。こんな歳まで生きながらえたのだから。これほど子々孫々に恵まれて、大勢の家族に看取られて逝くのなら、何も哀しいことなどないと。

なのに声が出なかった。

もういちど、お多賀の顔を見上げると、妻は指先で頬を拭い、かすかに微笑んでくれた。やはり妻は、わかってくれているのだなと安堵する。

いよいよ視界が暗くなり、家族から呼びかけられる声も、しだいに遠のいていく。

次の瞬間、また視界が開け、喜兵衛は明るい川のほとりに立っていた。

神通川だった。目の前に舟橋が弓形になって、対岸まで連なっている。いつものように行き交う人馬の影はなく、流れは穏やかだ。

対岸から元気な声が聞こえた。

「旦那、旦那」

見れば寅松だった。しきりに手招きしている。杖は持っておらず、しっかりと両足で河原に立っている。

喜兵衛は懐かしさのあまり、早く行かねばと、夢中で舟橋の上を走った。

渡りきると、寅松が両腕を広げて駆け寄ってきた。

「旦那、久しぶりッ」

だが満面の笑みで迎えられて、真っ先に詫びの言葉が出た。

「寅松、悪かった。おまえに罪をかぶせて」

寅松は笑顔を横に振った。

「旦那、何を言うんですか。最初から俺が望んだことなんだから、気にしてもらっちゃ困りますよ」

なおも元気に胸を張る。

「俺は、あれで満足してるんです。あれで大勢が助かったんだから。それより旦那」

少し声の調子を落とした。

「旦那こそ、つらかったでしょうに。生きる方が、つらかったはずだ」

その通りだった。

寅松の死を知った後は、本気で死にたかった。弱気になり、自分が生きていることが申し訳なくて、いっそ大川に飛び込んでしまいたかった。

でも自分まで自害したら、寅松の犠牲が無駄になる。そう気づいて、かろうじて思い留まったのだ。

「旦那は立派に生きましたよ。つらくても生きてくれたからこそ、大勢が助かったんだ」

寅松は赤くなった鼻先を、拳で拭った。

「俺が、こんなことを言うのは、おこがましいが、立派な人生だと思いますよ」

言葉が喜兵衛の胸に染み入る。

「立派な人生、か。そう言って、くれるのか」

胸のたかぶりが唇からもれて、声が潤みそうになる。

「そんなふうに、思ってくれるのか」

寅松が、なおも目を赤くしながらも、黙って笠を差し出した。かつて喜兵衛が行商に行くときに、かぶっていた菅笠だ。

気づけば寅松は手甲脚絆の旅姿だった。差し出したのと同じ形の笠を手にして、薬の詰まった重い葛籠を背負っている。

いつのまにか喜兵衛も行商の格好をしていた。受け取った笠をかぶって、しっかりと顎紐を結んだ。

寅松が土手上を指差しながら歩き出す。

「薩摩組のみんなが、先に行って待っていますよ」

そういえば、あのころ一緒に旅した仲間たちは、ほとんどが浄土の人となった。まだ残っているのは松太郎くらいだ。

喜兵衛は重い葛籠を背負い直し、大股で歩き始めた。

「そうか、遅れを取ったか。待たせて悪かったな」

初めての薩摩への旅で、大人たちを待たせてしまい、申し訳なくてたまらなかった。そんな遠い記憶がよみがえる。

だが寅松は気楽に言う。

「いや、みんな今ごろ、のんびり煙管でも吹かせて、ひと休みしているでしょう」

目の前の土手を、ふたりで一気に登りきって、後ろを振り返った。

そこには錦絵に描かれる絶景が広がっていた。遠景には、青と白が織りなす立山連峰が美しくそびえ、手前には舟橋が連なる。

喜兵衛は、まぶしさに目を細めながら、改めて思う。

これから時代は大きく変わる。幕府の綻(ほころ)びは隠しようがなく、もはや崩壊のきざしは見えている。調所が予言した通り、薩摩藩が次の時代を牽引するのは明らかだ。

でも、これからも富山の薬売りたちは、黙々と旅を続けるにちがいない。次の世代も、その次の世代でも、仲間たちと共に歩み続ける。

どれほど時代が代わろうとも、薬を届けるという尊い使命が、途絶えるはずはない。未来永劫、立山の姿が変わらないのと同じように。

喜兵衛は名残惜しさを振り切り、寅松とふたりで肩を並べて、ふたたび力強く歩き出した。

密田喜兵衛が、仲間たちが待つ浄土へと旅立ったのは、慶応二年四月。明治維新まで、あと二年というときだった。

主な参考資料

塩照夫著『昆布を運んだ北前船―昆布食文化と薬売りのロマン』
高瀬重雄著『北前船長者丸の漂流』
遠藤和子『富山の薬売り―マーケティングの先駆者たち』
北日本新聞社編『先用後利・とやまの薬のルーツ』
富山市発行『富山の置き薬（上）』
広貫堂発行『先用後利「癒しの旅」：富山売薬さんの歩んだ道を訪れて』
原口虎雄著『幕末の薩摩―悲劇の改革者、調所笑左衛門』
芳即正著『人物叢書 調所広郷』
大矢野栄次著「薩摩藩の財政改革と調所広郷―島津重豪に重用され、島津斉彬に消された男」
深井甚三著『近世日本海海運史の研究―北前船と抜荷―』
高瀬保著「富山売薬薩摩組の鹿児島藩内での営業活動―入国差留と昆布廻送」
児玉幸多、北島正元編『物語藩史6（北陸）』
久留島浩、須田勉、趙景達著『薩摩・朝鮮陶工村の四百年』

著者

植松 三十里（うえまつ・みどり）

静岡市出身。1977年東京女子大学史学科卒。出版勤務などを経て2003年に『桑港（サンフランシスコ）にて』で歴史文学賞受賞。09年に『群青』で新田次郎文学賞、『彫残二人』で中山義秀文学賞を受賞。主な著書に『不抜の剣』『ひとり白虎』『大正の后』『会津の義』『かちがらす』『家康を愛した女たち』『家康の海』『帝国ホテル建築物語』など多数。

富山売薬薩摩組

2023年11月20日　初版第1刷発行

著者　植松三十里
編集人　熊谷弘之
発行人　稲瀬治夫
発行所　株式会社エイチアンドアイ
〒101－0047　東京都千代田区内神田2-12-6 内神田OSビル3F
電話 03-3255-5291（代表）　Fax 03-5296-7516
URL https://www.h-and-i.co.jp/
DTP　野澤敏夫
営業・販促　山口幸輝
印刷・製本　中央精版印刷株式会社

ISBN978-4-908110-14-6 ¥1800